KB114812

FUSION FANTASTIC STORY

SOKIN 장편소설

재벌 작가

재벌 작가 2

SOKIN 장편소설

초판 1쇄 찍은 날 § 2017년 10월 18일
초판 1쇄 펴낸 날 § 2017년 10월 25일

지은이 § SOKIN
펴낸이 § 서경석

총괄팀장 § 최하나
편집책임 § 김경민
편집 § 이종식

펴낸곳 § 도서출판 청어람
등록번호 § 제387-1999-000006호
등록일자 § 1999. 5. 31
어람번호 § 제1-2780호

주소 § 경기도 부천시 부일로 483번길 40 서경B/D 3F (우) 14640
전화 § 032-656-4452 팩스 § 032-656-4453
http://www.chungeoram.com
E-mail § chungeorambook@daum.net

ⓒ SOKIN, 2017

ISBN 979-11-04-91486-7 04810
ISBN 979-11-04-91484-3 (세트)

FUSION FANTASTIC STORY

SOKIN 장편소설

재벌 작가

2

청
람

Contents

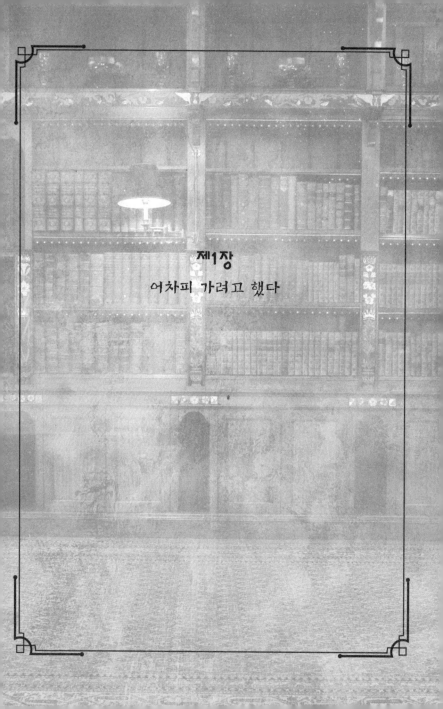

제1장

어차피 가려고 했다

대본을 썼다?

그 말에 김구리는 가장 먼저 제작진 쪽을 바라보았다.

OK.

그렇다면 세세한 진실을 파악할 차례다. 3시간이 넘어가는 분량을 촬영하기 위한 대본만 해도 수십 장이 넘는다.

14살의 어린 나이에 이걸 혼자서 전부 썼다는 말이 도무지 믿기지가 않았다.

"이걸 전부 혼자 썼다?"

질문에 우민이 살짝 고개를 흔들며 답했다.

"하하, 물론 혼자 한 건 아닙니다. 기존 작가분들이 많은 도움을 주셨습니다."

방송 작가들이 기특하다는 듯 우민을 바라보았다. 섭외가 되었다는 소리를 듣는 순간 연락을 취했다.

방송 대본을 써보고 싶다는 말에 처음에는 안 된다는 분위기가 팽배했다.

하지만 기존 대본을 읽어보며 MC들의 성향을 파악하고, 알맞은 질문들을 엄선했다.

그렇게 몇 개의 예시를 보여주자 방송 작가들도 더 이상 반대하지만은 못했다.

"이거, 우리 작가들 오늘 일당은 주지 말아야 하는 거 아냐?"

옆에 있던 윤종환이 한마디 거들었다.

"그럼 너도 일당 받지 말아야지. 내 거 받아먹으면서 방송 날로 하잖아."

"이 형, 누가 누구 걸 받아먹는데."

"왜 너 요새 이곳저곳에서 받아먹기로 유명해졌잖아."

"아, 이 형 참. 말이 되는 소리를 해야지."

라디오 토크 특유의 MC들 간의 투닥거림이 시작되었다. 질문은 다시 서성모에게로 넘어갔다.

　　　　*　　　　　　*　　　　　　*

"어, 그게 그러니까, 어떻게 된 거냐 하면……."

"음… 그랬던 적이 있는 것 같은 기억이 날 듯 말 듯합니다."

꿍.

청심환을 먹고도 긴장이 제대로 풀리지 않았는지 서성모는 크게 관심을 끌 만한 이야기를 보여주지 못했다.

"아! 어, 어떤 일이 있었냐면 말이죠."

겨우 생각난 에피소드를 풀어놓았지만 반응은 냉랭. 그 빈자리를 유민아와 우민이 두둑이 채웠다.

비주얼 커플.

둘이 함께 투 샷이 잡힌 것만으로도 녹화를 진행하는 피디는 힐링이 되는 것 같았다.

"이거 분량 좀만 더 뽑으면 2회 차 방송 나올 것 같은데 작가들 생각은 어때?"

선임 작가도 괜찮다고 생각했는지 고개를 끄덕였다.

"피디님도 보셔서 알겠지만 우민이가 추가 분량으로 감동을 줄 수 있는 대본까지 따로 마련해 뒀어요."

피디의 입가에 절로 미소가 지어졌다.

"정말 대박이다, 그렇지?"

"이번 특집은 자체 시청률 신기록 갱신할지도 모르겠네요."

"흐흐, 그럼 우민이가 집 때문에 차별당한 에피소드, 민아가 미혼모 자식으로 겪었던 아픔들까지 적절히 한번 섞어보자고."

작가도 신을 내며 맞장구 쳤다.

"아픔을 겪었지만 봐라, 이렇게 성공했다?"

"아주 좋아. 재미, 감동, 훈훈, 마지막 히든카드까지."

시청률에 대한 기대감으로 한껏 달아오른 제작진들이 녹화 중인 것도 잊고 함박웃음을 지었다.

녹화 시간은 벌써 3시간을 지나가고 있었다. 하지만 전혀 지루하지가 않았다.

*   *   *

잠시간의 쉬는 시간을 가진 뒤, 녹화는 막바지를 향해 달려갔다.

재미와 감동은 주었다.

이제 사전에 협의한 히든카드를 쓸 차례다.

"라디오 토크 공식 질문입니다. 우민 군에게 글쓰기란?"

곰곰이 생각하는 척하던 우민이 답했다.

"한국에서는 하기 힘든 것?"

파격적인 대답에 메인 진행자인 김국민이 빠르게 제작진의 눈치를 살폈다.

사전에 상의가 되어 있었는지 제작진에서 'OK' 사인을 보내 왔다.

"왜 그렇게 생각하는지 한번 들어볼 수 있을까요?"

"가장 먼저 문예 창작과 관련된 교육 기관이 너무 부족합니다. 8살 때부터 소설을 출간할 정도로 글을 써왔는데 당시에 마땅히 교육받을 만한 기관을 찾는 게 무척이나 어려웠어요. 유명 작가님의 문하생으로 들어가는 데는 수백만 원의 수업료까지 내야 한다더라고요."

우민은 가장 먼저 시스템을 비판했다. 비난이 아닌 경험에서 나오는 논리적인 비판이라면 대중들도 수긍할 것이다.

잠시 뜸을 들인 우민이 말을 이었다.

"그것보다 깨기 어려운 것이 어른들의 편견이었어요. '정말? 네가 했다고? 겨우 8살짜리가? 겨우 10살짜리가? 에이, 말도 안 돼' 이런 식으로 일단 의심하셨습니다."

오늘 녹화에서도 있었던 사건이다. 우민이 대본을 썼다는 말을 처음에는 믿지 않았다.

4명의 MC들 모두 부끄러움 때문인지 꿀꺽 침을 삼켰다.

"10살 때였을 거예요. 꽤나 유명한 문학상에 출품하기 위해 준비를 했는데 어리다는 이유로 심사받을 기회조차 가지지 못했어요. 그때부터 여기에서 글을 쓴다는 게 힘들게 다가오더라고요."

MC들이 말을 끊을 틈도 없었다.

이제 겨우 14살의 아이가 겪었을 사회의 편견이 거대한 바위처럼 가슴을 짓눌렀다.

앞에 앉아 있는 MC들만이 아니었다.

이미 사전에 알고 있었던 제작진들의 표정도 하나같이 굳어졌다.

약속한 대로 구체적인 실명은 언급하지 않았지만 집요한 네티즌 수사 대원들이 알아서 '유명 작가'가 누구인지, '왜 문학상에 출품할 기회를 가지지 못했는지' 샅샅이 파헤쳐 줄 것이다.

그것은 곧 이슈화가 되고, 대중들의 관심이 될 것이며 자신이 출간할, 그리고 출간했던 책들에 대한 구매로 이어질 것이다.

'없는 사실을 이야기한 건 아니니까.'

8살 때. 이문철에게 문하생으로 들어오라는 제의를 받았다.

수백만 원의 수업료 때문에 포기.

10살 때. 최준철의 권유로 문예지에 작품을 출품했던 적이 있다. 당시에는 나이가 어리다는 이유로 거부당했다.

한국의 3대 문학상은 그해 문예지에 실린 작품들로 심사 대상이 한정되어 있다. 곧, 문예지에 실리지 않으면 한국에서 문학상을 받을 수 없다.

재미로 보는 '라디오 토크'의 마지막이 '그것을 알아야 한다'라는 시사 다큐 프로로 변하는 순간이었다.

*   *   *

라디오 토크 녹화가 끝나고 일주일이 지났다.

박은영은 울어야 할지 웃어야 할지 모르겠다는 표정으로 커피숍에 가득 찬 손님들을 바라봐야 했다.

"기자님들, 여기서 이러셔도 소용없습니다."

아직 방송이 되지도 않았는데 귀신같이 알고 취재를 하겠다며 커피숍으로 찾아왔다.

아직 미성년자인 우민을 취재하는 것은 부담스러웠는지 엄마인 박은영에게 방송, 신문, 잡지사를 가리지 않고 취재 기자들이 쇄도했다.

"하하, 어머님, 그냥 커피 마시러 온 겁니다. 편하게 생각하시면 돼요. 그러다 '혹시나' 생각나는 무언가가 있다면 말씀해 주시면 됩니다."

커피를 마시고 있던 다른 기자가 입을 열었다.

"우민이가 어리다고 문예지에서 거절당한 게 아니라, 이번에 문화계 블랙리스트로 관리되고 있었다고 밝혀진 '고은석 작가님'의 직, 간접적인 가르침이 우민 군의 등단에 영향을 미쳤다거나 뭐 그런 이야기 있지 않습니까?"

박은영이 몇 번이고 모르겠다며 손을 흔들었다.

"글쎄, 정말 그런 일은 모른다니까요. 그런 것들 물어보실 거면 영업 방해하지 말고 나가주세요."

아직 방송을 하기도 전이 이 정도면 방송 후에 어떤 후폭풍이 불어올지 박은영은 약간 두렵기까지 했다.

반면 손석민의 입은 귀에까지 걸렸다.

"사장님, 서점 쪽에서 증쇄 요청 연락 왔어요."

"좋아! 아주~ 좋아요!"

엄지를 치켜세운 손석민이 다시 자리에 앉아 포털 사이트를 살펴보았다.

포털 사이트 실시간 검색어

1. 이우민
2. 유민아
3. 달동네 아이들
4. 날 따라 해봐요, 이렇게
5. 블랙리스트

6. 문학상

7. 라디오 토크

......

아직 방송이 되지도 않았는데 벌써 실시간 검색어 1위부터 10위가 우민이와 관련된 이야기들이었다.

방송사에서 시청률을 위해 일부러 흘렸는지, 라디오 토크 마지막 질문에 대한 답변 내용도 인터넷에 떠돌았다.

<한국에서는 하기 힘든 것? 글쓰기>

<한국 문학계의 현 주소를 진단한다>

<14살 천재 소년의 고백>

<문화계 블랙리스트로 얼룩진 시국에 던져진 파문>

셀 수도 없이 생산되는 기사는 대중들이 우민의 책에 관심을 갖도록 유도했다.

관심은 곧 우민의 생각대로 판매량으로 직결되었다.

물 들어올 때 노 저어야 한다.

"우민 작가님 신간 출시 준비는 어떻게 되고 있어?"

"말씀하신 대로 라디오 토크 방송 전날 서점에 쫙 깔리도록 세팅했습니다."

"3일 전부터 이벤트 거는 것도 잊지 말고. 타이틀은 '비운의 천재 소년의 신간'."

손석민이 옆에 있던 최준철에게 물었다.

"어때, 죽이지?"

"널 죽이고 싶다."

손석민은 늘어나는 판매량에 기분이 좋은지 코맹맹이 소리까지 냈다.

"아, 왜에. 너도 제수씨한테 잘 보여야 할 거 아냐. 와이북스 지분을 20%나 가졌는데 우민이 덕분에 책 잘 팔려서 회사 매출 올라가면 좋지, 뭘 그래."

최준철은 아니라며 고개 저었다.

"문학계의 원석을 다듬지는 못할망정 이상한 책이나 출판하고, 너 자꾸 이럴래?"

"야, 너도 이제 인정할 건 인정해야지. 문화계 블랙리스트 명단. 거기에 고은석 선생님이랑 너, 그리고 14살짜리 애가 단지 문하생이라는 이유로 포함되어 있었다는 찌라시 뉴스 못 봤냐?"

최준철이 답답하다는 듯 긴 한숨을 내쉬며 말했다.

"하아… 그러니까 우리라도 잘 이끌어야 할 거 아냐."

"고은석 선생님이 잘 이끌고 있어, 인마. 자, 술이나 먹으러 가자."

어깨에 손을 턱 걸친 채 자신을 이끄는 손석민의 손길을 최준철은 굳이 거부하지 않았다.

'그렇기야 하겠지만…….'

혹시나 찬란하게 빛나야 할 원석이 자칫 잘못될까 하는 걱정이 최준철의 머릿속을 떠나가지 않았다.

*　　　　*　　　　*

방송 당일.

라디오 토크 예고편이 인터넷으로 올라왔다. 다른 무엇보다 가장 많은 조회수를 기록한 건 마지막 질문에 대한 우민의 대답 때문이었다.

　―우민 군에게 글쓰기란?

　―한국에서 하기 힘든 것.

예고편 동영상은 조회수 수십만을 순식간에 넘어가며 우민의 책을 다시 단숨에 베스트셀러 반열에 올려놓았다.

　―어린이 패기 보소.

　―영재도 질리게 만드는 헬조선 클라스.

—떠나라, 이곳은 너 같은 능력자가 있을 곳이 아니다.

등등 우민을 옹호하는 수많은 댓글들이 달렸다. 뿐만 아니라 우민의 대답에서 제기된 의혹에 대한 이야기들도 많았다.

—어리다고 문예지에서 거부? 이곳이 바로 어린아이는 능력 있으면 안되는 나라.
—8살짜리한테 수백만 원 요구한 유명 작가 소환해라.
—돈을 주고 가르쳐도 시원찮을 판에 누구냐. 개념 없는 그놈은?

여기까지 읽은 이문철은 치솟는 분노를 어찌하지 못하고 연신 거친 숨을 토해냈다.

"이 자식이 감히. 뭐? 한국에서 글쓰기가 싫은 이유가 내가 돈을 요구했기 때문이라고?"

벌써 수년 전 일이다. 그때부터 시작된 악연을 이문철은 잊지 않고 꾸준히 훼방을 놓아왔다.

자신이 공모전 심사 위원으로 있는 곳에 작품을 출품하면 퇴짜를 놓았고, 아는 문예지 편집장들에게도 '거만'하다는 인성을 들먹이며 악담을 늘어놓았다.

"선배에 대한 예의도 없이, 언론 플레이를 해? 누구는 아는 기자 한 명 없는 줄 알고 있나 보지?"

씩씩거리던 이문철이 핸드폰을 들었다.

"그때 아주 싹을 밟아놨어야 하는데 괜한 동정심에 놔뒀더니 이 자식이 은혜도 모르고."

어느새 자신은 은혜를 베푼 사람으로 둔갑했다. 전화 연결이 되자 이문철의 목소리가 다시 침착해졌다.

"어, 박 기자. 잘 지내지? 요즘 이상한 소리가 들리는 것 같아서 말이야."

은근한 속삭임은 근 30여 분이 지나도록 끝날 줄을 몰랐다.

＊   ＊   ＊

이슈는 이슈로 덮으라고 했던가.

라디오 토크로 기사화된 내용들을 덮는 뉴스가 흘러나왔다.

<고 모 씨, 블랙리스트 등재 이유 있었다>

클릭하여 들어가 보니, 기사 내용이 가관이었다.

한국을 대표하는 소설 작가 중 한 명인 고 모 씨의 과거에

대한 폭로가 이어지고 있다.

동료 작가 이 모 씨의 말에 따르면 과거 그의 문하생으로 들어가기 위한 비용만 수백만 원이 넘어갔으며, 이러한 잘못된 행태로 인해 이번에 불거진 문화계 블랙리스트에 등재되었다는 것이다.

이 모 씨는 이번 이 군의 라디오 토크 발언 역시 고 모 씨를 염두에 둔 발언이 아니었을까 조심스레 추측된다고 밝히며, 우리나라 문학계에서 이런 사람들이 하루빨리 퇴출되길 희망한다고 전했다.

'고 모 씨'를 읽는 순간 누구나 고은석을 연상할 것이다. 자신과 연관 기사로 떠오른 뉴스에 우민은 피가 거꾸로 솟는 느낌이 무엇인지 깨달았다.

손이 부들부들 떨리고, 심장이 벌렁거려 자리에서 움직일 수조차 없었다.

우민은 심호흡을 하며 기사를 캡처하고, 작성한 기자의 이름을 기록해 두었다.

"선조일보 박진섭 기자."

감히 자신이 존경해 마지않는 할아버지의 이름을 이런 식으로 더럽히다니!

기사를 작성한 기자도, 인터뷰를 했다는 '이 모 씨'라는 동료 작가도 결코 용서할 수가 없었다.

"누가 누구를 퇴출하게 될지는 곧 알게 되겠지."

14살 우민의 눈에서 시뻘건 불꽃이 피어올랐다.

＊　　　　＊　　　　＊

뉴스를 확인한 우민은 바로 도서관을 찾았다.

"할아버지!"

아직 뉴스를 본 건 아닌지 고은석은 우민을 보자마자 섭섭해하며 말했다.

"온석아, 할아버지가 얼마나 열심히 널 가르쳤는데 한국에서 글 쓰는 게 힘들다니!"

"당연히 할아버지께는 언제나 감사하고 있습니다. 제가 한국에 남아 있는 것도 모두 할아버지 때문이고요."

"이놈, 어머님 걱정 때문인 걸 내 모를 줄 알고?"

"헤헤."

우민은 웃음으로 답을 대신했다. 도서관으로 달려오기는 했지만 뉴스를 말해야 할지 말지 고민되었다.

웃음에 드리워진 그늘을 읽었는지 고은석이 걱정 말라는 듯 우민의 머리를 쓰다듬었다.

"시절이 수상할 때면 아니 땐 굴뚝에 연기가 나는 법이지.

마음 쓸 것 없다."

"그래도 너무 화가 나요."

고은석은 전혀 신경 쓰지 않는 듯 오히려 우민을 걱정했다.

"이것 또한 지나가는 풍파일 뿐이다. 그나저나 영어 공부 진도는 잘 나가고 있는 거냐?"

"토익 900점 이상 나온 지 꽤 됐습니다."

"하하, 역시 우민이야. 시험 점수도 중요하지만 듣기와 말하기, 쓰기가 중요하다는 사실 항상 명심하고."

굳이 이야기해 봤자 좋을 것 없는 주제로 할아버지의 기분을 해치고 싶지 않았던 우민은 일부러 쾌활하게 말했다.

"명심하겠습니다!"

"내가 말해준 곳에서 결과는 아직이고?"

"네. 곧 오겠죠, 뭐."

대답을 마친 우민이 주머니에서 슬그머니 봉투 하나를 꺼내 들어 고은석 앞으로 내밀었다.

화가 나서 달려오면서도 잊지 않은 봉투였다.

"상품권이라면 나도 많이 있다. 뭘 이런 걸 가져와."

"종합병원 건강검진 접수증이에요. 예약해 놨으니 시간 내서 한번 다녀오세요."

고은석이 봉투를 열자 그 안에 정말 유명 병원의 건강검진 접수증이 담겨 있었다.

이미 결제까지 끝나 있어 받지 않을 수가 없었다.

"이 녀석이 이제 하다하다 별걸 다 사오는구나."

상품권에서부터 몸에 좋다는 홍삼까지 선물했다. 우민은
그걸로도 부족하다 생각했다. 자신이라는 원석을 빛나게 해
준 건 누가 뭐라 해도 고은석이다.

"건강하게 오래오래 사셔서 저 노벨상 타는 것까지 보셔야
하잖아요."

고은석이 자상한 미소를 지으며 두 팔을 벌렸다.

"아이고, 이놈아. 이리 와보거라. 얼마나 컸는지 오랜만에
한번 안아보자."

우민이 천천히 걸음을 옮겼다. 쑥쑥 자란 키는 고은석과 비
등할 정도였다.

"언제나 어디서나 잊지 않겠습니다."

아직 14살에 불과했지만 금방이라도 자신의 품을 떠날 것
같은 아쉬움에 눈시울이 붉어졌다.

지난 6년의 세월이 총알처럼 지나갔다.

우민의 계획대로라면 앞으로 20살이 되기까지 남은 6년이
란 시간도 아마 눈 깜박하면 지나갈 것이다.

흘러가는 시간이 아까운 듯 고은석은 더욱 강하게 우민을
끌어안았다.

하지만 우민은 다른 곳을 보고 있었다.

'할아버지는 괜찮으실지 몰라도 저는 참을 수가 없어요. 차라리 저를 욕했다면 그냥 넘어갈 수도 있었을 텐데……'

*   *   *

퇴근한 후 집에서 인터넷을 하던 와이북스 직원은 SNS 페이지에서 익숙한 이름이 눈에 띄어 들어가 보았다.

이우민 신간 이벤트 중.
http://ebook.event.com에 접속하시면 신간 무료 증정 이벤트 진행합니다.

링크를 타고 들어가자 정말 무료 증정 이벤트가 진행되고 있었다.

—개인 정보를 입력해 주세요.
—이름.
—전화번호.
—주소.

이벤트를 준비, 진행했던 와이북스 직원이 이상하다는 듯 고개를 갸웃거렸다.

"이상하다. 이벤트 걸 때 개인 정보를 요청한다는 말은 없었는데……."

개인 정보를 모두 입력하고 나자 이번에는 복권을 긁는 화면이 나타났다.

"이상해……."

자신이 알고 있는 이벤트 내용과 약간 다름에도 직원은 마우스를 클릭했다.

화면에 나타난 동전이 빠르게 복권을 긁어댔다.

축.

당첨!

이우민 작가님의 신작 '날 따라 해봐요' 시리즈에 당첨되셨습니다. 책은 수일 내 적어주신 주소로 배달될 예정입니다.

"정말?"

자신이 진행한 적 없는 이벤트에 와이북스 직원은 이해되지 않는 듯 바로 전화기를 집어 들었다.

다음 날.

출근한 직원은 바로 손석민을 찾았다.

"그렇죠? 이상하죠?"

손석민도 이해가 되지 않는다는 듯 다시 사이트에 접속해 보았다. 개인 정보를 넣자 이미 참가한 사용자라 다시 복권을 긁을 수 없다는 말만 되풀이되었다.

"이 새끼들 우민이 이름 팔아서 마케팅하고 있는 것 같긴 한데……."

벌써 출판업계에서만 10년이 넘도록 일해왔다. 유명 작가에게 '서평' 받기에서부터 베스트셀러 순위 조작하는 부정적인 방법까지 겪어보지 않은 일이 없다.

뭔가 더러운 냄새가 솔솔 피어올랐다.

"그런데 보시면 정말 책 보냈다고 문자까지 왔어요."

직원이 핸드폰을 내밀었다. 화면에는 택배사에서 '책'을 보냈다는 문자가 선명하게 찍혀 있었다.

"딱 보니까 순위 조작하려고 개인 정보 받은 거다. 원래 이벤트로 책 줄 때는 출판사 보유분으로 줘야 하는 건 알지?"

"물론이죠. 그래야 순위에 영향을 안 미치니까. 아!"

말을 하던 직원도 생각나는 게 있는지 놀란 입을 다물지 못했다.

"그래, 서점에 비회원으로 책 구매해서 보내주는 거야. 그럼 개인이 구매한 걸로 처리가 될 테고……."

"요즘 같은 불경기에 하루에 천 권씩 팔리면 바로 베스트셀러 순위에 진입."

손석민이 꿍짝을 맞추듯 대답했다.

"하루 5권밖에 팔리지 않던 책들도 수백 권씩 날개 돋친 듯 팔려 나가는 거지. 흔히 밴드왜건 효과 또는 편승 효과에 의해서 소비자들이 찾게 되니까."

편승 효과.

미국의 경제학자 하비 라이벤스타인이 발표한 효과 중 하나로, 유행에 따라 상품을 구입하는 소비 현상을 뜻한다.

"그런데 왜 우민이 책을 이벤트하고 있는 걸까요? 팬들이 자발적으로 사재기를 하는 건가⋯⋯."

"그러니까. 나도 그 점이 이상하단 말이야. 왜 지 돈 들여서 이런 이벤트를 하는 거지?"

"딱히 저희가 피해 본 것도 없으니까, 그냥 조용히 있을까요? 대신 이벤트해 줘서 책 많이 팔리고 좋잖아요."

손석민은 직원의 말에도 의구심을 버리지 못했다.

"대가 없는 호의는 없는 법인데⋯⋯."

손석민이 생각에 빠진 사이 직원은 자리로 돌아갔다. 손석민은 여전히 인터넷에 만들어진 홍보 화면에서 눈을 떼지 못했다.

'왜, 누가 이런 이벤트를 해주는 거지⋯ 정말 열혈 팬인가.'

들어본 적은 있다. 아이돌 팬클럽에서 앨범이 발매되자마자 사재기를 시도해 해당 아이돌의 음원 순위를 끌어올린다.

이 경우와 아주 비슷했다.

"정말 팬인가……."

아무리 고민해 봐도 답이 나오지 않았다.

그 답을 손석민은 다른 곳에서 들을 수 있었다.

*　　　*　　　*

<이우민 군 베스트셀러 조작 연루 경찰 조사 중>

라디오 토크에 출연한 이우민 군의 책이 베스트셀러 순위 진입을 위한 사재기 의혹이 제기되었다.

Y모 출판사의 모 대표는 한 인터넷 사이트에서 도서 무료 증정 이벤트를 진행하며 당첨자들의 이름과 주소 등 개인 정보를 수집했다. 이후 개인 정보를 토대로 온라인 서점에서 '비회원 주문'을 통해 도서 수천 권을 당첨자들에게 배송했다.

개인 명의로 구입된 책은 베스트셀러 순위 집계에 반영된다는 점을 악용한 것이다.

뉴스는 그걸로 끝이 아니었다.

<악마적 재능이 일으킨 불행>

얼마 전 라디오 토크에 나와 화려한 입담을 자랑한 이 모 군의 언행이 재조명되고 있다.

유명 작가에게 수백의 수업료를 요구받아 가르침을 받지 않았다는 말이 속속 거짓으로 밝혀지고 있는 것이다.

이 모 군 주변 지인의 말을 통하면 현재 수백만 원을 내고 고 모 작가에게 글쓰기를 배우고 있는 중이라 전했다.

또한 문학상 심사 기회 역시 이 모 군의 '글'이 문예지에 실릴 정도의 실력이 되지 않았음이 취재 도중 드러났다.

이러한 의혹들이 끊임없이 재기되고…….

자극적인 제목의 내용 때문일까. 아니면 가늠할 수 없는 재능에 대한 시기 때문일까.

영재의 화려한 추락을 사람들은 열심히 씹어댔다. 사실관계는 그리 중요하지 않았다.

오로지 기사의 내용이 가지고 있는 자극의 크기만이 여론을 움직이는 잣대가 되었다.

사촌이 땅을 사면 배가 아프다는 말이 있듯이 성공보다는 불행해지는 뉴스가 힘을 얻었고, 마치 사실인 양 포장되어 갔다.

—사실이 아닙니다.

―그런 적이 없습니다.

―정식으로 고소하겠습니다.

박은영과 손석민이 전면에 나서 반박해 보았지만 아무 소용이 없었다.

팩트는 묻히고, 흥미만이 미쳐 날뛰었다.

그리고 마치 짜고 친 것처럼 한국문인연합회 회장의 이름으로 성명서가 발표되었다.

저희 한국문인연합회는 한국 문학계에 명예를 추락시킨 이번 사태를 도저히 묵과할 수가 없었습니다.

이에·아래와 같은 조치를 발표합니다.

고은석 작가 영구 제명.

이우민 군 향후 6년간 등단 기회 박탈.

우민 군의 나이가 아직 어린 점을 감안하여 성인이 될 때까지 반성의 시간을 주기로 했습니다.

하지만 고은석 작가의 경우 책임을 피해갈 수 없는 바, 문인연합회에서 영구 제명하며 관련 출판사들과도 협의하여 관련 서적들을 회수해 나갈 예정입니다.

우민은 어이가 없었다.

이미 반박 자료를 통해 자신이 말한 유명 작가가 고은석이 아니라는 것이 밝혀졌다.

그럼에도 이런 짓을 벌이는 어른들의 행동이 도무지 이해가 가질 않았다.

어느 정도의 악의를 가지고 있어야 이런 일을 벌일 수 있는 것일까?

이대로 놔둘 수가 없었다. 우민은 서랍에서 낡고 빛이 바랜 문예지 2부를 꺼내 들었다.

*　　　　　*　　　　　*

남일원의 요즘 기분은 한마디로 표현할 수 있었다.

이거 실화냐?

우민과 관련된 믿을 수 없는 추문들이 그를 심란하게 만들었다.

택시에서 내린 남일원이 대로변에 세워진 빌딩을 바라보았다.

"기자회견장이 여기라고 했지……."

평일 낮 시간.

한창 아이들을 가르쳐야 할 시간에 우민이 기자회견을 한다는 소식을 접하고 직접 찾아왔다.

6년 동안 가르치며 자신을 실망시킨 적이 단 한 번도 없다. 오히려 매일매일이 놀라움의 연속이었다.

당연히 우민을 둘러싼 말들이 사실이 아니라 믿었다. 곁에서 지켜보며 힘을 주고 싶었다.

기자회견장.

실검까지 오르내리며 인터넷 세상을 달군 논란이 끝을 향해 달려가고 있었다.

"먼저 저희 출판사 사장님께서 베스트셀러를 조작했다는 뉴스는 이미 경찰 조사로 사실이 아님이 밝혀졌음을 다시 한 번 알려 드립니다."

찰칵. 찰칵.

14살 소년을 향해 기자들은 무자비할 정도로 빠른 속도로 셔터를 눌러댔다.

"배후가 누구인지 알 수 없도록 해외에 서버를 두는 똑똑함까지 보여주어 결국 범인을 밝혀내지는 못했습니다."

우민은 차근차근, 그리고 또박또박 말을 이어나갔다.

"자, 그럼 본론으로 들어가겠습니다. 이번에 발생한 논란은 두 가지입니다. 첫 번째는 제가 말한 '수백만 원의 수업료를 요구한 유명 작가의 정체', 두 번째는 '문예지 탈락의 사유'입니다."

우민이 앞에 놓여 있는 음료수를 한 모금 삼켰다.

"첫 번째, 유명 작가의 정체는 현재 아쉽게도 아무런 물증이 없어 해명이 불가능하게 되었습니다. 단, 이 자리에서 다시한번 말씀드리지만 더 이상 고은석 은사님을 욕되게 한다면 법적 조치까지 불사하겠습니다."

겨우 14살이라 생각할 수 없을 정도로 침착했다. 자리에 배석해 있는 기자들도 '성인'이라 생각했는지 여기저기서 손을 들며 존댓말로 질문을 해왔다.

함께 앉아 있던 손석민이 마이크를 잡았다.

"질문은 잠시 뒤 받겠습니다."

웅성거림이 잦아들자 우민이 말을 이었다. 손에는 서랍에서 꺼낸 빛바랜 문예지 2부가 들려 있었다.

"여기 보이십니까? 10살. 그 당시 탈락했던 문예지에 제가 다른 필명으로 즉, 어머니 인적 사항으로 제출해 등재되었다는 기록입니다."

충격적인 사실에 기자들이 손가락이 보이지 않을 정도의 속도로 셔터를 눌러댔다.

지금까지 나온 '찌라시' 수준의 기사들을 한 방에 덮을 수 있는 내용이었다. 기자회견장 기자들의 눈이 광채를 발했다.

이건 특종이다!

"이로써 한 예능 프로에서 말했던, 어려서 탈락한 것 같다는 푸념은 사실이 되었습니다. 물론 근래 등장한 문화계 블랙리스트에 대한 이야기는 차치하겠습니다."

기자들이 서로 먼저 질문권을 얻기 위해 여기저기서 손을 들었다.

우민은 앞에 놓인 음료수를 다시 한 모금 마셨다. 이로써 진실은 다 밝혀졌다. 비판적인 여론도 어느 정도 사그라질 것이다.

지금부터 할 말은 굳이 하지 않아도 되는 사족에 불과하다. 사족이지만 본질을 가려 버릴 정도의 파급력을 가질 수 있다.

어쩌면 대한민국 국민 전체가 자신의 안티로 돌아설지도 모른다.

하지만 날 건드리면 어떻게 되는지 알아야 한다.

그 대가는 결코 간단치 않을 거라고 말해야 한다.

뒷좌석에 앉아 있던 남일원이 두 주먹을 불끈 쥐었다.

'그럼 그렇지. 우민이가 어떤 아이인데.'

기자회견을 하겠다는 소식을 들었을 때부터 뭔가 큰 거 한 방을 터뜨려 줄 것 같았다.

우민이 제시한 증거를 보는 순간 속이 다 시원했다. 어차피 고은석에 대한 모함이나 베스트셀러 순위 조작은 이미 진실이 밝혀진 이야기들이었다.

마지막 남은 하나.

어려서 떨어졌다.

그게 우민의 발목을 잡았다.

―글쓰기 좀 한다고 세상을 우습게 아네.
―뭐? 나이가 어려서 떨어져? 네 실력이 부족해서 떨어진 걸 어디서 나이 탓으로 돌려.
―하여간 요즘 어린놈의 자식들은 버르장머리가 없어.

방송에서 나왔던 약간은 건방진 모습과 맞물려 대중들로 하여금 원색적인 비난을 쏟아내게 만들었다.

우민이 없는 이야기를 할 친구가 아니란 사실을 아는 남일원으로써는 답답할 노릇이었다.

이제 우민이 제시한 증거로 모든 진실이 밝혀졌으니 이런 사달도 끝이라 생각했다.

그렇게 자리에서 일어나려던 남일원은 망연자실해하며 자리에 털썩 주저앉았다.

"…우, 우민아."

'제 글을 심사하실 자격은 되십니까?'라고 했던 그때의 불안
감이 온몸을 잠식했다.

첫마디는 담담하게 시작했다.

"지금부터는 이번 사건에 대한 제 개인적인 소회입니다."

우민이 탁자 위에 놓여 있던 A4 한 장을 펼쳐 들었다.

"보이십니까? 여러분들 앞에 있는 제가 SET 멤버임을 입증
하는 문서입니다. 전 세계에서 1%의 인재임을 증명하는 자격
증으로 자세한 설명은 생략하겠습니다."

SET(Study of Exceptional Talent).

존스 홉킨스 대학에서 발행되는 국제 영재 자격증으로 이
른바 CTY(Center for Telanted Youth)이라는 프로그램에서 발
급되는 것이다.

13세 이전에 SAT 시험의 영어나 수학에서 700점 이상을 받
으면 발급되는 것으로 영재 중에서도 영재임을 뜻하는 증서
다.

만약 13세가 넘었다면 정확하게 생일로부터 계산해 한 달
을 초과하면 10점을 더 맞아야 한다. 예를 들어 시험 당일 나
이가 13세 2개월이었다면 720점을 맞아야 한다는 얘기다.

그만큼 철저한 시험으로 우민은 정확히 초등학교 6학년 13살

에 시험을 접수했다. 12월생인 우민은 700점만 넘어도 멤버가 될 수 있었고, 결과는 합격.

그 자격 증명서가 우민의 손에 들려 있었다.

우민이 빠르게 말을 이었다.

"이런 저에게 한국문인연합회는 향후 6년간 등단 기회 박탈이라는 조치를 내렸습니다. 또한 고은석 은사님을 영구 제명하는 모욕을 주었고요."

상황이 정리되었다 생각하고 앉아 있던 기자들 사이에서 다시 웅성거림이 시작되었다.

배석해 있던 손석민이 당황해하며 주변의 눈치를 살폈다. 남일원은 초조함에 입술을 바짝 깨물었다.

그만해라. 그만해라.

속으로 수도 없이 더 빌고 또 빌었다.

하지만 그렇게 되지 않을 거란 사실을 누구보다 자신이 더 잘 알고 있었다.

"저는 이런 처사에 대해 실망을 금치 않을 수 없는 바, 이에 대한 반발 의사 표시로 지금 이 순간부터 한국어로 된 글은 쓰지도 출판하지도 않겠습니다."

파바방.

잠시 쉬고 있던 카메라들이 연신 셔터를 눌러댔다. 손석민은 망연자실해하며 아예 두 눈을 질끈 감아버렸다.

보고 있던 남일원도 긴 한숨을 내쉬었다.

장내는 바로 옆 사람의 말도 들리지 않을 정도로 소란스러 워졌다.

기자들의 절반 이상이 손을 들며 질문을 해댔다.

하지만 우민의 말은 아직 끝난 게 아니었다.

"또한 만약 배후가 밝혀지지 않는다면 저를 파렴치한으로 몰아간 한국 국적을 버리고, 다른 나라 국적으로 노벨 문학상 을 수상하겠습니다."

실로 광오하기 이를 데 없는 말에 소란스럽던 장내가 일순 조용해졌다. 사람들은 자신들이 잘못 들었는지 귀를 의심했 다.

유일하게 정신을 바짝 차리고 듣고 있던 남일원이 크게 소 리치며 손을 들었다.

"여기 질문 있습니다!"

정적을 깨뜨리는 말에 모두의 시선이 그에게 쏠렸다. 남일 원임을 알아본 우민이 슬쩍 웃으며 마이크에 대고 말했다.

"네. 말씀해 주세요."

"노벨상 자신 있으십니까?"

"누구보다 잘 아실 거라 생각합니다."

"그럼, 믿겠습니다! 대한민국 최초, 세계 최연소로 상을 타 우리나라를 빛내주실 거라 생각하겠습니다. 그 전까지 꼭! 나쁜 놈들을 소탕하겠습니다."

"믿어주셔서 감사합니다."

말을 마친 남일원이 가방을 챙겨 재빨리 기자회견장을 빠져나왔다.

'이게 내가 해줄 수 있는 최선이구나.'

악의를 가진 누군가가 어린 우민을 해코지했다는 본질이, 세상을 향해 당당하게 맞서는 아이의 치기에 가려지지 않도록 일깨워 주는 것.

남일원은 무거운 심정으로 떨어지지 않는 발걸음을 옮겼다.

*   *   *

김복남은 퇴직한 후 소일거리나 해볼까 하고 학교 보안관 일을 시작했다.

벌써 1년째, 일이라 생각하고 시작했지만 이제는 뛰어노는 아이들을 보며 오히려 기운을 얻고 있는 중이었다.

가끔 고생하신다며 주전부리를 놓고 가는 아이들도 종종 있었다.

그저 뛰어노는 아이들을 지켜보며 가끔 주변 정리를 하는 게 다였기에 그리 힘든 일도 없었다.

그런 김복남에게 처음으로 큰 고난이 닥쳤다.

"Excuse Me?"

"이… 익스즈 미?"

등 뒤에서 식은땀이 '쭉' 흘러내렸다. 금발의 곱슬머리에 뿔테 안경을 쓴 남자가 하는 말에 더듬거리며 반문하는 것이 자신이 할 수 있는 일의 전부였다.

다행히 한국어도 조금 하는지 서툴게 말을 이었다.

"실례합니다. 저는 노아 테일러. 여기 이 사람 만나러 왔습니다."

김복남은 십년감수했다는 듯 노아 테일러에게서 종이쪽지를 받아 들었다.

글꽃중학교 1—9반 이우민.

"이우민?"

우민이라면 자신의 기억에도 있는 친구였다. 자신의 정체를 의심한다고 생각한 노아 테일러가 주머니에서 명함을 내밀었다.

"저 이런 사람입니다. 이 학생 꼭 만나고 싶습니다."

김복남이 노아 테일러가 내민 영어로 적혀 있는 명함을 받아 들었다.

평생 관리사무소에서 일을 하다 퇴직했다.

영어와는 거리가 먼 삶.

노아 테일러가 내민 명함은 그에게 아무 소용이 없었다. 이
제는 김복남이 더듬거렸다.

"제, 제이… 이, 이건 에, 에이치인데."

"Johns Hopkins University. Literature. 교수, 교수입니다."

"조, 존슨 교수?"

자신이 처리할 수 있는 일이 아니라는 판단 정도는 할 수
있었다. 특히 마지막 말, '교수'라는 말에 김복남은 노아 테일
러를 데리고 글꽃중학교 교무실을 찾았다.

*   *   *

강인원이 영어 선생님을 시작한 지도 벌써 5년이 넘어간다.
젊은 시절 영국으로 어학연수를 다녀온 것이 외국 생활의 다
였다.

그런 강인원에게 교무실에 앉아 있는 선생들의 시선이 쏠렸
다.

스스로가 생각해도 약간 콩글리쉬 느낌이 났지만 갑작스러
운 상황에 당황해서인지 말이 제대로 나오질 않았다.

일단 내뱉고 봤다.

영어는 자신감 아닌가.

"E, Excuse me. Why are you here?"

"이우민, 이우민 학생 만나러 왔습니다."

노아 테일러는 '이우민'이라는 말을 강조했다. 강인원은 더 이상 말할 필요도 없다는 듯 소리쳤다.

"우민이 만나러 왔다는데요?"

마침 교무실에 와 있던 학생에게 고개를 돌렸다.

"1학년 9반 가서 우민이 좀 불러와."

채 5분이 지나지 않아 우민이 내려왔고, 교무실 선생님들은 놀라며 우민을 바라보았다.

"Who are You looking for me?"

입에서 바로 튀어나오는 영어에는 일말의 어색함도 보이지 않았다.

저렇게 영어를 잘했던가?

하지만 그보다 놀랄 일이 기다리고 있었다.

"Nice to meet you. My name is Noah Taylor from Johns Hopkins University."

바로 옆에서 듣고 있던 강인원이 가장 먼저 반응했다.

"조, 존스 홉킨스 대학?"

자신의 귀를 의심했지만 노아 테일러가 내미는 명함을 받아 들고는 현재의 상황이 현실이라는 사실을 깨달았다.

다른 선생님들은 꿀 먹은 벙어리가 되어 그저 '꿀꺽' 침을 삼키는 것이 다였다.

*   *   *

포스트모더니즘.

2차 세계 대전이 끝나고 20세기 후반에 나타나기 시작한 문학의 한 갈래로 권위주의적인 모더니즘의 반발로써 시작되었다.

인물의 독백보다는 저자가 글 속에 나타나지만 개입을 최소화하는 미니멀리즘, 보도가 그대로 허구가 되는 뉴저널리즘 등의 특징을 가지고 있으며 대표적인 작가로는 '참을 수 없는 존재의 가벼움'의 밀란 쿤데라, 1982년 노벨 문학상을 수상한 가르시아 마르케스 등이 있다.

노아 테일러는 이들과 어깨를 나란히 하고 있는 작가이자 교수였다.

문학과의 접점이 거의 없는 선생님들은 잘 몰랐지만 앞으로 '글쓰기' 능력으로 해외에 나가고자 하는 우민은 노아 테일러가 누구인지 이미 알고 있었다.

그를 본 순간 왜 여기까지 찾아온 것인지도 대충 짐작하고 있었다.

"제 에세이를 보고 오신 겁니까?"

단도직입적인 우민의 질문에 노아 테일러가 호탕한 웃음을 터뜨렸다. 자신이 겪어본 어떤 한국 학생보다도 자신감이 넘쳤다.

"맞아. 이 먼 타국, 그중에서도 여기까지 온 이유라면 그것밖에 없겠지?"

우민은 내심 기뻤지만 굳이 티 내지 않았다. 우물 안의 개구리가 아니라는 사실은 이걸로 증명된 셈이다.

"포스트모더니즘 문학의 대가를 이렇게 직접 보게 되다니, 열심히 시험에 응한 보람이 있네요."

"하하, 그저 허명일 뿐이야."

노아 테일러는 자신이 분명 14살과 대화를 하고 있음에도 마치 성인과 이야기를 나누고 있는 것 같은 생각을 지울 수가 없었다.

"허명이라 하기에는 받으신 상들과 작가님을 따르고 있는 팬들이 너무 많은 것 아닙니까?"

노아 테일러가 쓴 책인 '가버린 여자'는 전 세계에 천만 부 이상의 판매량을 기록했다.

여성의 섬세한 감정을 잘 풀어내 공감대를 형성해서일까. 특히 여자 팬이 많은 것으로 유명했다.

"자네를 보니 날 좋아하는 여성분들이 앞으로 사라질 것 같은 예감이 들어."

노아 테일러의 농담에 우민이 피식 웃음을 터뜨렸다. 놀란 눈으로 둘을 지켜보는 교무실의 선생님들은 그저 어리둥절할 뿐이었다.

교무실에 있던 교감 선생님이 영어 선생인 강인원에게 물었다.

"지금 뭐라고 하는 건가?"

"그… 농담을 주고받고 있는 것 같습니다."

"허참, 그 정도야 나도 알겠네. 둘이 웃고 있는데 당연한 것 아닌가?"

교감 선생의 핀잔에 강인원의 얼굴이 '팍' 썩어 들어갔다. 그럼 어쩌란 말인가. 동시통역이라도 해달라는 뜻인가?

"우민이에게 관심이 많은 것 같습니다. 대화 내용을 들어보면 우민이가 국제 영재 자격 시험에 합격했고, 그때 제출한 에세이가 상당히 인상적이었던 모양입니다."

"그, 그래? 정말 실력이 있기는 있나 보구먼."

강인원은 하고 싶은 말이 있었지만 굳이 입 밖으로 꺼내지는 않았다.

'실력이 있는 정도가 아니라… 세기에 나올까 말까 한 천재라고요.'

우민의 기자회견 내용은 학교 내 선생님들 사이에서도 의견이 분분했다.

나이가 젊은 층에서는.

자신감 있는 모습이 보기 좋다.

나라에서 관리해 주지는 못할망정, 부당한 일을 방치하는 건 국가적 손실이다.

라는 의견이 주를 이루었고, 40대 후반, 50대 이후를 넘어가는 세대에서는 '겸손하지 못하다'는 의견이 주를 이루었다.

기자회견을 본 대중들의 반응도 이와 비슷했다.

둘의 대화를 듣고 있던 강인원이 갑자기 입을 다물고는 '꿀꺽' 침을 삼켰다.

"왜 또 무슨 말을 했길래 그러나?"

그렇지 않아도 어린 우민의 얼굴이 딱딱하게 굳어졌다. 노아 테일러도 더 이상 말하지 않고 우민을 바라보기만 했다.

그렇게 몇 분이 지났을까. 우민과 악수를 나눈 노아 테일러가 교무실을 떠났다.

멍하니 우민을 보고 있는 강인원을 교감 선생님이 재촉했다.

"무슨 일이냐니까. 어서 말 좀 해보게."

강인원이 천천히 입을 열었다.

"제가 들은 게 틀린 게 아니라면… 장학금에 체류 비용까지 대줄 테니까 미국으로 오랍니다. 비자 문제도 걱정하지 말라고, 원하면… 영주권도 주겠다는데요? 법적인 문제는 자신이 알아서 할 테니까, 말 그대로 몸만 오랍니다……."

옆에 있던 우민이 마지막으로 확인 사살했다.

"역시 영어를 잘하시네요. 하지만 마지막 말은 잘못 들으신 것 같아요."

"으, 응?"

우민은 다른 사람들이 들으라는 듯 일부러 약간 크게 대답했다.

"'Would you mind'라고 하셨으니까 저보고 '와라'는 뜻보다는 정중한 표현으로, '왔으면 좋겠다'가 더 정확하지 않을까요?"

약간 얄밉기는 했지만 틀린 말은 아니었다. 어쩌면 지적일 수도 있는 말에 교무실 내의 누구도 '버릇'을 논하지 못했다.

그저 우민이 다시 교실로 올라갈 때까지 조용히 지켜볼 뿐이었다.

*   *   *

교실로 돌아온 우민에게 반 아이들은 쉽사리 다가오지 못했다. 그건 선생님들이라고 해서 크게 다르지 않았다.

교무실에서 있던 일이 그새 퍼진 것인지, 우민이 했던 기자 회견 때문인지 일절 터치하지 않았다.

쉬는 시간.

어김없이 유민아가 찾아왔다. 얼굴 한가득 걱정이 가득했다.

"우민아, 괜찮아?"

"당연히 괜찮지. 걱정하지 않아도 돼."

"어떻게… 그래."

유민아도 종종 기자회견을 했다. 좋은 말 몇 마디가 오고 가면 그걸로 끝이었다.

우민의 기자회견은 그것과는 차원이 달랐다.

한국어를 쓰지도, 출판하지도 않겠다.
국적을 버리겠다.

세상 어느 누가 저런 말을 쉽게 할 수 있을까?

"어차피 슬슬 준비해서 가려 했어."

너무나 쉽게 떠난다는 말을 하는 우민이 야속했다. 유민아가 입술을 질끈 깨물었다.

"그래도 고등학교까지는 다녀야 하는 거 아냐?"

"앞으로 한글로 글을 안 쓸 건데 검정고시를 어떻게 보겠어."

우민은 기자회견장에서 말한 한국어를 쓰지 않겠다는 사전적 의미 그대로 실천했다.

펜이나 연필로 한글을 아예 적지 않았다.

심지어 수행평가도 한국어가 아닌 영어로 작성해 제출했다. 0점을 준다는 선생님들의 협박은 씨알도 먹히지 않았다.

"너 진짜……."

똥고집이라면 자신도 만만치 않았다.

밥을 안 먹겠다, 촬영을 하지 않겠다 등등.

그런데 한국어를 쓰지 않겠다니?

상상 초월이었다.

"당장 가는 건 아냐. 아직 사전 조사도 필요하고, 여러 가지 준비해야 할 것들도 많이 있으니까."

준비해야 할 것들에 자신도 포함이 되어 있는 걸까. 비록 16살이지만 유민아는 가슴이 미어진다는 것이 어떤 느낌인지 알 것 같았다.

우민을 볼 수 없다는 생각만으로도 동공이 지진이 난 것처럼 흔들리며 머릿속이 텅 비어버렸다.

"…내가 가지 말라고 해도 소용없겠지?"

유민아는 말하면서도 자신이 없었다. 굳이 대답을 바라고 물어본 것도 아니었다.

아니, 대답을 듣고 싶지 않았다.

"그건······."

"쾌, 괜찮아. 대답하지 마."

재빨리 우민의 입을 막았다. 혹여 상처받을까 두려웠다. 유민아는 처음으로 쉬는 시간이 끝나기도 전에 교실로 돌아가 버렸다.

*　　　　*　　　　*

우민이 어떤 아이인 줄 알고 있었고, 고은석이라는 친구의 평소 품성이 어떤지 수십 년 동안 보아왔기 때문에 한국문인 연합회의 부회장을 맡고 있는 최성민은 누구보다 극렬하게 연합의 발표를 반대했다.

하지만 막지 못했다는 미안함에 최성민은 고은석 앞에서 얼굴도 제대로 들지 못했다.

그저 먼 산을 바라보며 애꿎은 잔소리를 할 뿐이었다.

"이 친구야. 내가 이럴 줄 알고 그렇게 말리지 않았나."

"어차피 미련 없는 자리야. 우민이를 만난 것으로 만족하네."

고은석은 기다렸다는 듯이 도서관장직에서도 해고되었다. 오늘은 그 짐을 싸는 날이었다.

"그래서 내가 그때 출판하지 말라고… 끝까지 말렸어야 했는데 제목도 '매국노'가 뭔가, '매국노'가. 일부러 적을 만들려 하는 것도 아니고."

매국노.

고은석이 발표한 소설의 제목이었다. 자극적인 제목과 사실에 기반한 논픽션 소설은 출간되자마자 큰 반향을 이끌었다.

하지만 그만큼 불편함을 느끼는 사람들도 많았다.

유명하지만 친일 활동을 한 전적이 있는 문학인들의 후손들은 출판 반대 시위를 벌이기도 했다.

그때 밉보인 결과는 두고두고 고은석을 괴롭혔다.

이번에 나온 뉴스들이 '꼭' 우민이 라디오 토크에 나와 이야기한 것 때문만이 아니었다.

"적을 만들 만하면 만들어야지. 청산되지 않은 과거를 후손들에게 물려주는 것이 얼마나 참혹한 일인지 자네도 잘 알지 않나."

"휴우… 내가 '동신 문학상' 수상 거부할 때부터 알아봤어야 하는데."

젊은 시절 고은석은 22살의 나이로 국내 3대 문학상 중 하나인 동신 문학상에 대상자로 선정되었다.

하지만 '동신 문학상'의 기원 자체가 친일파의 후손이 만들었다는 이유로 수상을 거부했다.

그 후 '매국노'라는 소설까지 출간하자 사회 각계각층에 퍼져 있는 친일 후손들의 눈엣가시 같은 존재가 되었다.

"하하, 그 씨가 어디 가겠나."

최성민이 긴 한숨을 내쉬었다.

"…하아, 자네는 도무지 변하지를 않는구먼. 변하질 않아."

"해고라니 오히려 잘됐어. 이 기회에 나도 노년을 즐겨봐야지. 단지 나와 관련이 있다는 이유로 우민이에게 혹여 피해가 가지 않을까 걱정될 뿐이네."

"피해는 무슨, 고 녀석 아주 망둥이처럼 지 처지도 생각 안하고 날뛰는 모습이 걱정 안 해도 되겠던데?"

우민의 이야기가 나오자 그늘진 고은석의 얼굴이 밝아졌다. 생각만으로도 웃음이 나오는지 너털웃음까지 터뜨렸다.

"하하, 실로 '오만불손'하기 짝이 없는 모습이었지만 내 새끼라 그런가. 예뻐 보이기만 했네."

"보니까 국제 영재 자격도 취득했던데, 이제 외국으로 갈 모양이지?"

고은석도 못내 아쉬웠다. 성년이 될 때까지 옆에 두고 가르쳐 보고 싶었지만 어느새 자신의 품마저 떠나도 될 만큼 성장해 버렸다.

"가야지… 갈 사람은 가야 하지 않겠나."

그런 고은석의 등을 최성민이 떠밀었다.

"자, 이런 날은 술 한잔해야지! 가지. 내가 아주 좋~ 은 곳
으로 안내할 테니."

"이 친구가 어딜 자꾸 가자고⋯⋯."

"나만 믿고 따라오라니까!"

최성민이 고은석을 차에 태워 도착한 곳은 서울 시내의 한
호텔 연회장이었다.

고급스러운 분위기가 부담스러웠는지 고은석이 돌아가려
했다.

"그냥 소주나 한잔하고 가면 될 것을, 뭘 이런 곳으로 왔나."

최성민이 연회장의 정면에 붙어 있는 플래카드를 가리켰다.

"이게 다 자네를 위해서야. 저기 안 보이나? 노아 테일러."

고은석이 최성민이 가리키는 곳을 바라보았다.

Noah Taylor 초청 간담회.

주제: 한국문학이 가야 할 길.

주체: 한국문인연합회, 문화체육관광부

"노아 테일러라면⋯⋯."

최성민이 장난스럽게 웃어 보였다.

"하하, 요즘 말로 자네가 '최애'하는 작가 아닌가. 좋아하는

작가도 보고 술도 공짜로 먹고, 이게 바로 일석이조지."

최성민이 자신의 이름이 적혀 있는 곳으로 걸음을 옮겼다. 고은석은 한국문인연합회라는 글자가 마음에 걸리기는 했지만 노아 테일러라는 말에 못 이기는 척 자리에 앉았다.

마침 시작 시간이 되었는지 금발의 곱슬머리를 한 노아 테일러가 간담회장에 나타났다.

마이크를 잡은 노아 테일러가 천천히 입을 열었다.

"이곳에 오기 전, 저는 '이우민'이라는 이름의 한 학생을 만났습니다."

앞에 놓여 있는 와인으로 목을 축이던 고은석의 고개가 휙 돌아갔다.

우민이를 알고 있다?

"그가 쓴 에세이를 보며 저는 딱 한 단어를 떠올렸습니다. Tyrant(폭군). 전 세계 문학을 지배하게 될지도 모를 폭군."

잠시 뜸을 들인 노아 테일러가 말했다.

"한국문학만이 아니라 전 세계 문학의 판도가 '그'로 인해 뒤흔들릴지도 모른다는 가능성을 보았습니다. 한국문학의 길? 하하. 뉴스를 보니 폭군을 단단히 화나게 만드셨던데… 길을 찾을 게 아니라 폐허가 되지 않도록 방비하셔야 할 것 같습니다."

농담인지 진심인지 모를 노아 테일러의 말에 장내에 웅성거림이 일어났다.

웅성거림을 깨고 옆자리에 앉아 있던 최성민이 박수를 치기 시작했다. 고은석은 노아 테일러를 유심히 살폈다.

'역시 노아 테일러다운 인사말인가.'

직설적인 표현과 파격적인 언행으로 이미 문단에서는 유명했다. 그와 우민이 만들어낼 상호 작용이 사뭇 기대되기까지 했다.

'강' 대 '강'의 만남.

부딪쳐 깨지느냐, 밟고 더 강해지느냐.

왠지 전자는 아닐 것 같았다.

                  *   *   *

그 뒤로는 그저 무난한 인사말 정도가 다였다.

간담회라는 형식을 띠기는 했지만 실제로는 그저 친목 도모를 위한 만남이었다.

하지만 노아 테일러가 우민의 이름을 거론하는 순간, 그와 친목 도모를 원하는 사람은 없었다.

대부분의 원로들은 굳이 대화를 나누려 하지 않았다.

고은석만은 예외였다.

우민이라는 공통 관심사가 있어서인지 둘은 꽤나 대화가

잘 통하는 중이었다.

"그 친구가 맹랑한 구석이 있습니다."

아직 한국어가 익숙지 않은 노아 테일러가 반문했다.

"맹랑하다?"

"Tough, 자신감이 있다. 강하다. 그런 뜻입니다."

"오! 맞습니다. 문체가 매우 강합니다."

"하하, 맞습니다. 아주 강한 녀석입니다."

"그래서 제안했습니다. 미국으로 와라. 돈은 걱정하지 마라."

고은석이 손에 들고 있던 와인을 한 모금 마셨다. 이미 예상하고 있던 일이었지만 막상 현실이 된다고 생각하자 섭섭함이 밀려왔다.

더 많이 가르쳐 주지 못한 것에 대한 미련이 남았다. 욕심 같아서는 몇 년 더 곁에 두고 시간을 보내고 싶었다.

"잘하셨습니다. 한국에서는 걸맞은 대접을 받고 있지 못하니 아마 받아들일 겁니다."

"얼마나 더 성장할지, 어디까지 성장할지. 벌써부터 기대가 됩니다."

노아 테일러의 얼굴에는 묘한 설렘이 서려 있었다.

그의 말대로 이제 겨우 14살에 불과하다.

앞으로 우민이 전 '생'에 걸쳐 어떤 글들을 쏟아낼지 궁금해

했다.

자리에 있던 이문철의 기분은 최악을 달리고 있었다. 자신과 어깨를 나란히 할 만한 작가를 만나 문학에 대한 심도 깊은 이야기를 나누어보려 했건만 시작부터가 꼬여 버렸다.

"뭐, 폭군? 폐허가 되지 않기 위해 방비해야 한다니, 여기가 어디라고 함부로 헛소리를 지껄여."

같은 테이블에 앉아 있던 문인연합 회장 이규호는 고은석을 노려보며 말했다.

"끼리끼리 논다더니, 고은석 저놈과 말이 통하는 걸 보니 수준을 알 만하군."

앞에 놓인 술을 머금은 이문철의 목소리가 은밀해졌다.

"이번 문화계 블랙리스트 관련해서 검찰 수사가 시작됐다고 하던데… 혹시 불똥이 튀거나 할 일은 없겠죠?"

"당연한 소릴. 우리야 그저 위에서 시키는 대로 했을 뿐인데. 그럴 일이 뭐가 있겠어."

"미꾸라지 한 마리 때문에 시절이 하도 수상해서 하는 소리입니다."

이번에는 이규호의 목소리가 낮아졌다.

"그것보다 자네에 대한 뜬소문이 자자해. 입단속을 잘 시키든지, 당분간 조용히 지내든지 해."

"제가 여제자를 성추행했다, 뭐 그런 소리 말입니까? 아시잖아요. 말도 안 되는 소리라는 거."

"나야 알지. 하지만 여론이 좋지 않아."

이문철이 '피식' 코웃음을 쳤다.

"돈 내는 노예들의 의견 따위야 갈대처럼 흔들린다는 거 잘 아시면서."

끼리끼리 모인다고 했던가.

이문철의 말에 주변에 앉아 있던 대부분의 사람들이 살짝 고개를 끄덕였다.

한 모금 더 술을 홀짝인 이문철이 흥이 나는 듯 목소리가 높아졌다.

"이제부터 여자들은 받지 말아야겠습니다. 암탉이 울면 집 안이 시끄럽다고 삐액삐액 울어대기나 하니."

다른 자리의 몇몇이 눈살을 찌푸렸다. 마음에 들지 않았지만 이곳에서 권력자는 저들이다.

그런 이문철에게 노아 테일러가 다가왔다.

"문철? 반가워요. 노아 테일러입니다."

술기운에 살짝 흥이 올라와 있던 이문철이 노아 테일러의 손을 맞잡았다.

"하하, 반갑습니다. 작가님."

"한국에서 대단히 유명한 작가?"

"그렇게 대단하지는 않습니다. 그냥 뭐, 세 손가락 안에 드는 수준입니다."

방금 전까지 욕하던 모습은 찾아볼 수 없었다.

"하하, 그래요?"

이규호가 자랑스럽다는 듯 이문철의 어깨를 두드렸다.

두 눈은 고은석에게 고정되어 있었다.

"이 친구가 우리나라 최고의 문학상인 동신 문학상 최연소 수상자입니다. 참고로 저희 할아버지께서 한국의 문학 수준을 한 단계 끌어올렸다고 평가받는 '이동신' 작가이십니다."

고은석이 거부했던 동신 문학상.

이규호는 동신 문학상을 만든 친일 소설가 이동신의 손자였다. 시작부터 꼬여 버린 인연은 고은석의 '매국노'라는 소설로 넘을 수 없는 강을 건넜다.

"동신 문학상?"

노아 테일러의 반문에 이규호가 친절한 설명을 늘어놓았다. 잠시 동안의 설명이 끝나고 이문철이 별것 아니라는 듯 손사래를 쳤다.

"하하, 별것 아닙니다. 이동신 선생님이야말로 한국의 보물이죠. 저도 그분처럼 되는 게 목표입니다."

서로의 얼굴에 금칠을 하며 노는 모양새가 영 꼴불견이었다.

끝까지 듣고 난 노아 테일러가 말했다.

"Sorry, I don't understand."

표정은 전혀 미안해 보이지가 않았다. 입가에는 가소롭다는 미소가 가득했다.

"하하, 동신 몰라요. 내가 아는 건 맨부커, 공쿠르, 노벨 문학상?"

노아 테일러가 말한 건 세계 3대 문학상이었다.

듣고 있던 이규호가 자존심이 상하는지 '으득' 이를 갈았다. 이문철도 노아 테일러의 무시하는 듯한 말투에 금방이라도 폭발할 것처럼 안면을 씰룩거렸다.

노아 테일러가 그 둘에게 기름을 부었다.

"아마 한국에서는 맨부커, 그것도 인터네셔널 부문에서 딱 한 명 있었죠? 왜 그런 건지 오늘 두 분을 보니까 알 것 같군요."

이문철이 자리를 박차고 일어났다.

"뭐, 뭐라는 거야!"

멱살을 잡으려는 행동에 노아 테일러가 한 걸음 뒤로 물러섰다.

"권위주의적인 사고, 폐쇄적인 문화, 부끄러움을 모르는 정신, 멈춰 있는 뇌. 발전이 있을 수 있을까요?"

이문철이 두 주먹을 불끈 쥐었다. 마음 같아서는 금방이라도 달려들어 대거리를 하고 싶었다.

하지만 노아 테일러라는 이름이 그를 멈춰 서게 만들었다. 그 둘 사이로 계속 지켜보기만 하던 최성민이 끼어들었다.

"그만, 그만하면 됐습니다. 차후 처리는 저분들이 해주실 겁니다."

최성민이 바깥을 가리켰다. 마치 기다렸다는 듯 호텔 바깥에서부터 사이렌 소리가 들려왔다.

이내 웅성거리며 경찰 옷을 입은 일련의 사람들이 연회장으로 나타났다. 가장 선두에 서 있는 사람이 신분증을 내밀며 이문철에게 말했다.

"성폭력 특별법 및 출판문화진흥산업법 위반 혐의로 체포합니다."

수갑이 채워질 때까지 당황하여 한마디도 하지 못했다. 쇠고랑을 차게 된 건 이문철만이 아니었다.

옆에 있던 이규호에게도 형사 한 명이 수갑을 채웠다.

"이규호 씨, 당신을 문화계 블랙리스트 작성 주도 혐의로 긴급체포합니다."

지켜보던 노아 테일러가 어이가 없다는 듯 두 손을 들어 보였다.

체포된 둘은 고래고래 소리를 지르며 반항했지만 잠깐뿐이었다. 경찰이 내미는 체포 영장 앞에서 꿀 먹은 벙어리가 되어

버렸다.

고은석이 토끼 눈이 되어 최성민을 바라보았다.

"자네……."

"국적까지 버리겠다는데 가만있을 수만은 없지 않은가."

최성민이 윙크를 하며 고은석의 어깨를 두드렸다. 연회장의 사람들은 놀란 눈으로 끌려 나가는 둘을 바라볼 뿐이었다.

＊　　　　＊　　　　＊

<유명 작가 L 모 씨 구속>

유명 작가 L 모 씨가 성폭력 특별법 및 출판문화진흥산업법 위반 혐의로 구속 수감되었습니다.

L 모 씨는 작가가 되기 위해서는 여러 경험을 해야 한다는 것을 이유로 '여제자'들을 추행해 왔으며, 이번 베스트셀러 조작 사건에 깊이 가담해 있음이 경찰 조사 결과 드러났습니다.

L 모 씨는 해외에 서버를 둔 일당을 고용해…….

ajjqqqq: 결국 L 모 이놈 때문에 인재 유출 발생?

kkgje72: 이게 다 꼰대들 때문이다.

dydghll: 이 새끼 때문에 얼마 전에 이우민 기자회견 한 거 맞지?

기사를 읽어 내려가던 우민이 '딸칵' 마우스를 클릭했다. 여러 기사들에서 사실관계가 하나씩 밝혀지고 있었다.

대중들의 반응도 우민에게로 돌아섰다.

다시 한국어를 쓰고, 국적을 버리지 않아도 된다. 하지만 우민의 떠난 마음은 돌아오지 않았다.

"힘이 없으니 짓밟혀도 할 수 있는 건 겨우 '두고 보자'라는 말뿐이구나."

이번 사건을 통해 우민은 다시 한번 자신이 얼마나 미약한 존재인지 깨달았다.

타고난 재능 덕에 최악의 상황은 피했지만 최선의 상황을 만들어냈다고도 할 수 없었다.

"말에 무게가 실리기 위해서는 '위치'가 있어야 돼."

자신이 기자회견을 열고 나서도 세상은 크게 달라진 점이 없었다.

특별히 경찰이나 검찰에서 관심을 가져주는 것도, 정부에서 어떤 조치가 내려진 것도 아니었다.

변화는 다른 곳에서 일어났다.

자신의 폭로에 자신감을 얻었다며 이문철에서 성폭행을 당한 여자들이 그를 고소하고 나선 것이다.

뿐만 아니라 그에게 가르침을 받았던 제자들이 하나둘씩 이문철의 만행을 고발하고 나섰다.

성 추문에서 베스트셀러 조작까지.

악행은 양파처럼 드러났다.

이런 자들에게 휘둘리지 않으려면 세계적인 작가가 되어야 한다.

"어차피 가려고 했으니까."

우민이 다시 한번 마음을 다잡았다.

*   *   *

출판사 사무실.

손석민은 못내 아쉬운지 다시 한번 물었다.

"그래서, 미국으로 간다고?"

"네. 좀 이른 감이 있긴 하지만 기회가 왔을 때 잡아야 하니까요."

오히려 최준철의 표정은 밝아 보였다.

"노아 테일러가 직접 제안했다니, 나는 찬성이다. 어서 빨리 가라고 말하고 싶구나."

손석민이 그런 최준철에게 핀잔을 주었다.

"이놈아, 그러면 우민이 어머님 마음이 어떻겠어. 겨우 14살에 아들이 해외로 나가는데, 네가 이러니까 허구한 날 진주한테 바가지를 긁히는 거야."

최준철이 말을 더듬거렸다. 근래에 많이 변하고 있었지만 가족보다 자신의 문학적 성취가 중요하다는 가치는 여전히 최준철이 살아가는 동력이었다.

"그, 그 얘기를 왜 여기서 하냐! 그리고 우민이 어머님도 함께 가실 거 아냐?"

우민이 걱정 말라는 듯 말했다.

"네, 맞아요. 어머니도 함께 갈 거예요. 너무 걱정하지 마세요."

최준철이 그것 보라는 듯 눈을 흘겼다. 손석민이 어색하게 웃어 보였다.

"하하, 그래, 그러면 되겠구나."

안부 인사를 마친 우민이 본론을 꺼내 들었다.

"그리고 혹시 미국에서도 출판업 해보실 생각이라면 연락 주세요. 미국에서 책 내게 되면 꼭 사장님께 말씀을 드릴게요."

"응?"

"제 미국 판권을 사장님께 드린다고요. 미국에서 공부만 하고 있을 수만은 없잖아요."

손석민이 가슴 벅찬 표정으로 우민을 바라보았다.

"그, 그야 그렇지… 혹시나 하고 준비는 하고 있었다."

"그럼 잘됐네요. 우리 한번 미국, 아니, 전 세계를 상대로 해봐요."

언제가 이런 날이 올 것 같아 차근차근 준비는 해두었다. 미국 지사를 내기 위해 준비해야 할 서류 문제에서부터 책이 유통되는 과정들을 공부해 두었다.

다만 자신과 함께할지에 대한 자신이 없었다.

"저, 정말이지?"

노아 테일러도 인정한 인재다. 앞으로 세계의 대형 출판사들에서 수억의 계약금을 내밀며 모셔가려 할 것이다.

그래서 별 기대는 하고 있지 않았다.

먼저 이렇게 말해주는 것이 너무 고마웠다.

"사장님이 보여주신 신뢰에 대한 보은입니다."

"그래, 우리 한번 잘해보자! 전 세계 서점에 우민이 네 책이 쫙 깔리게 해주마."

옆에 앉아 있던 최준철이 조용히 중얼거렸다.

"나도 세계에서 먹히는 글 쓸 수 있는데……."

하지만 손을 맞잡은 둘에게는 들리지 않는지 신경도 쓰지 않았다.

제2장
잘난 놈들의 세상

인천국제공항.

우민이 난감한 표정으로 유민아를 안고 있었다.

"자주 놀러 올 거야. 누나, 그러니까 이제 그만 울자."

얼마나 울었는지 유민아의 두 눈이 퉁퉁 부어올라 흡사 붕어를 생각나게 만들었다.

"으아아앙! 가지 마! 미국 가지 말라고!"

유민아는 아예 바닥에 주저앉아 두 다리를 비비며 어린아이처럼 떼를 써댔다. 김혜은은 이미 두 손 두 발 다 들고는 푹푹 한숨만 내쉬었다.

박은영도 더 이상 말리지 못하고 그저 바라보기만 했다.

"누나, 자꾸 이러면 다시는 안 온다."

우민이 초강수를 내밀었다. 한 번 내뱉은 말은 무슨 일이 있어도 지키는 모습을 이미 보아왔다.

유민아가 울지 않기 위해 입술을 질끈 깨물었다.

"가지 마… 갈 거면 나도, 나도 데려가."

우민이 머리가 지끈거리는지 관자놀이를 꾹꾹 눌렀다. 미간이 잔뜩 찌푸려진 것이 현재의 마음을 나타내고 있었다.

미국으로 가는 데 가장 큰 걸림돌이 바로 앞에 있었다.

"누나가 가서 어떻게 하려고 그래. 나중에 방학 때 놀러오면 그때 함께 놀자. 응?"

어르고 달래기를 벌써 한 시간째. 우민도 서서히 지쳐감을 느꼈다. 물론 그럴 리야 없겠지만, 이렇게 두어 시간을 소비한다면 비행기 시간에도 늦을 수 있다.

"싫어… 싫다고. 지금이 아니면 안 돼. 나는 우민이랑 지금 이 순간을 함께하고 싶어. 시간은 한 번 가면 다시 되돌아오지 않는단 말이야."

"……."

가끔 이렇게 예리한 구석이 있었다. 우민은 잠시 두 눈을 부릅뜨고 유민아를 천천히 바라보았다.

더 이상 말로 해서는 안 된다.

14살의 뜨거운 눈빛으로 유민아를 바라보던 우민이 아주 천천히 고개를 숙였다.

입술을 살짝 내밀고, 유민아의 두 볼을 움직이지 못하도록 꽉 잡았다.

이제는 유민아가 말을 잃고, 꿀꺽 침을 삼켰다. 마치 시간이 멈춰 버린 듯한 느낌이었다.

두 눈은 질끈 감은 지 오래였고, 앞으로의 일을 예상이라도 한 듯 머리끝까지 피가 몰려 새빨간 홍당무가 되어버렸다.

심장이 쿵쾅거리는 소리가 마치 거대한 종소리처럼 머리를 울려댔다.

촉촉한 우민의 입술이 유민아의 이마에 닿았다.

쪽.

그제야 멈춰 있던 시간이 다시 흐르기 시작했다. 유민아의 이마에 닿아 있던 우민의 입술이 차츰 멀어져 갔다.

"…하아."

유민아가 달뜬 신음성을 토했다. 우민의 두 손이 유민아의 어깨 쪽으로 내려갔다.

"누나, 울지 마. 이러면 내가 갈 수가 없잖아."

유민아가 마치 새색시처럼 얼굴을 붉혔다.

"으, 응……."

흐르던 눈물은 멈추었고, 충혈된 두 눈은 유민아를 마치 토끼처럼 보이게 만들었다.

그 모습이 유민아의 귀여움을 극대화시켰다.

온몸을 사르륵 녹이는 치명적인 귀여움에 우민도 잠시 넋을 놓고 유민아를 바라볼 수밖에 없었다.

"이제 정말 가야 할 시간이야. 끝까지 이렇게 울면서 보낼 거야?"

유민아가 고개를 저었다. 순간 우민이 방비할 틈도 없이 빛보다 빠른 속도로 '쪽' 입술과 입술이 맞닿았다.

"아니, 웃을 거야."

우민의 머릿속에서 폭죽이 터지며 별들이 반짝였다. 웃는 모습이 마치 환한 달을 보는 것 같았다.

그 달이 가슴속으로 들어왔다.

유민아와의 이별을 뒤로하고 박은영은 비행기에 탑승했다. 어제까지만 해도 미국으로 떠난다는 것이 제대로 실감이 나질 않았다.

비행기에 착석하고 나자 조금씩 현재의 상황이 현실로 인식되기 시작했다.

미국.

말 한마디 통하지 않는 나라로 떠나는 것에 대한 두려움이 밀려왔다.

박은영이 고개를 돌려 옆자리에 앉아 있는 우민을 바라보았다.

상기되어 가던 마음이 살짝 가라앉았다.

"우민아, 기분이 어때?"

"기분이랄 게 있나. 어차피 거기도 사람 사는 곳인데."

"어이구, 이놈이."

"혹시나 나 때문이라면 같이 가지 않아도 돼. 혼자서도 생활할 수 있어."

벌써 몇 번째 같은 이야기를 듣고 있는지 모른다.

부담 갖지 마라.

혼자서도 할 수 있으니 굳이 같이 가지 않아도 된다.

하지만 미성년, 그것도 세상에 하나밖에 없는 아들을 어찌 홀로 머나먼 타국에 보낼 수 있을까.

한 귀로 흘려버린 박은영이 물었다.

"인사는 잘 드리고 왔어?"

"응."

우민이 비행기 창밖으로 보이는 하늘을 응시했다. 고은석에게도 남일원에게도 빚만 지고 떠나는 것 같아 마음이 영 좋질 않았다.

"금의환향해야지. 그게 은사님들께 보답하는 길이야."

이륙 준비가 끝난 비행기에서는 안내 멘트가 흘러나오고

있었다.

　─이 항공기는 인천국제공항을 출발하여 목적지인 LA까지 가는 비행기로 비행시간은 이륙으로부터 11시간 10분이 소요되어 현지 시각으로 ×월 ×일 ×요일 오전 ××시 ××분경에 목적지인 LA 국제공항에 도착할 예정입니다.

　기회의 땅 미국.
　그곳에서도 유독 한국인이 많이 살고 있는 LA가 우민이 가고자 하는 도시였다.

＊　　　　＊　　　　＊

　LA 국제공항.
　공항에 도착하자 이미 차 한 대가 대기하고 있었다.
　차를 타고 한 시간을 달리자 노아 테일러가 소개시켜 준 학교에 도착할 수 있었다.
　영화에서나 보던 고풍스러운 양식의 건물이 눈앞에 나타났다.
　트렐로 스쿨.
　뒤로는 토팽가 주립공원이, 앞으로는 산타모니카 해변이 펼

처진 곳에 세워진 학교로 일반 전형으로 입학할 경우 월 평균 오천 달러의 학비가 드는 사립학교이다.

하지만 인재에 대해서는 무한한 지원을 아끼지 않는 곳으로, 우민의 경우 특별 입학으로 학비를 면제받을 수 있었다.

오천 달러를 내는 학생들의 돈을 이용해 특별한 아이들에게 지원하는 것이다.

우민은 존스 홉킨스에서 받은 SET 인증과 노아 테일러의 강력한 추천으로 전액 장학금으로 입학할 수 있었다.

"엄마, 이제 가봐도 돼. 집 정리도 해야지."

우민이 박은영에게 어서 돌아가라며 손짓했다. 전교생이 기숙사 생활을 하는 곳으로 면회나 외박은 주말에만 허용된다. 박은영이 살 집은 차로 한 시간, 한인들이 많이 사는 한인 타운 근처에 미리 마련해 두었다.

"먼저 들어가. 엄마는 우민이 가는 거 보고 가도 되니까."

이역만리 타국.

비록 한 시간 거리에 있어 보고자 하면 언제든 볼 수 있지만 막상 떨어진다고 생각하자 박은영의 눈가가 촉촉하게 젖어 들어갔다.

우민이 먼저 뒤돌아서 몇 걸음을 움직였다.

걸어가는 우민의 눈가에도 반짝이는 눈물이 한두 방울 떨어져 내렸다.

"무슨 일 있으면 연락하고, 석민 아저씨가 인세는 달러로 송금해 준다고 했으니까 그걸로 생활비 하면 돼."

"……."

어쩜 저리 어른스러울까. 자신이 아들에게 해야 할 말을 오히려 듣고 있다니. 새삼 아들에 대한 애틋함이 밀려왔다.

"알았어. 알았으니까 얼른 들어가."

우민이 떨어지지 않는 발걸음을 옮겼다. 그림자마저 보이지 않을 때까지 박은영은 한참 동안 우두커니 서 있었다.

*   *   *

우민은 안내에 따라 가장 먼저 교장 선생님이 계신 곳으로 이동했다.

문을 열고 들어가자 흰색 머리를 곱게 빗어 넘긴 할머니 한 분이 두 팔을 벌리고 우민을 맞이했다.

"노아의 칭찬이 자자한 아이가 바로 너구나."

만면에는 인자함이 흘러넘쳤다. 얼굴을 보자 앞으로의 학교 생활에 대한 걱정이 약간 덜어졌다.

"안녕하세요, 미스 스위프트."

릴리 스위프트.

트렐로 스쿨의 교장으로 환갑에 가까운 나이에도 왕성한

작가 활동을 벌이고 있는 여성 작가 중 한 명이었다.

사전에 알아보려 했지만 인터넷 검색만으로는 한계가 있었다. 우민은 굳은 표정을 풀지 않았다.

인사를 한 우민은 조용히 자리에 앉았다. 이곳 학교에 입학한 가장 큰 이유는 떠들고 뽐내 인정받기 위함이 아니다.

관찰.

전 세계 최강대국인 미국인들의 생활 방식과 생각들에 대해 관찰하여 글에 녹여내기 위함이다.

인간의 본질은 어디에서나 같다지만 미세한 차이는 존재한다. 그리고 그 미세한 차이가 '글'의 완성도를 결정짓는다는 사실 또한 잘 알고 있다.

"개강하는 시기에 딱 맞춰 왔구나. 혹시 꼭 희망하는 과목이 있니?"

올해 나이 14살.

미국 학년제로 치면 8학년이었다. 미국의 가장 일반적인 학년제는 6—2—4. 초등 6년, 중등 2년, 고등 4년이다.

하지만 이곳의 시스템은 다르다.

이미 머리가 트인 아이들에게 중등 과정은 무의미하기에 중, 고등을 합쳐 6년 과정으로 운영된다.

6년 동안 대학처럼 각 학년에 맞게 준비되어 있는 수업들을 자유롭게 수강할 수 있다.

뛰어난 학생들을 위해 준비된 강의에서 학교에서 인정할 만한 학문적 성취를 이룬다면 월반 또한 가능하다.

"딱히 희망하는 과목은 없습니다. 여러 과목을 골고루 수강하고 싶어요. 단……."

우민이 잠시 뜸을 들였다. 수많은 사립학교들 중 트렐로 스쿨로의 유학을 결정짓는 데 결정적인 역할을 한 건 노아 테일러였다.

그의 강력한 추천이 있었기에 입학 결정을 할 수 있었고, 비교적 수월하게 입학 수속을 마칠 수 있었다.

그런 그가 또 하나 권유한 것이 있다.

"엠마 테일러의 수업은 꼭 들어라."

같은 패밀리 네임을 쓰는 것으로 보아 가족임이 분명했다. 왜 하필 엠마 테일러의 수업을 들으라고 한 걸까?

고민도 잠시, 결정을 내린 우민이 말했다.

"미스 테일러의 수업은 꼭 들어보고 싶습니다."

릴리 스위프트의 표정이 살짝 굳으며 미간이 찌푸려졌다.

"엠마 테일러라… 진심이니?"

"네."

인터넷 검색을 통해 찾아보았지만 별다른 내용은 찾지 못했다. 교장 선생님의 표정 변화를 보니 뭔가가 있긴 했다.

엠마 테일러의 수업을 권하던 노아 테일러의 장난기 가득한 웃음이 오버랩되었다.

"그럼 이참에 담당 선생님을 엠마 테일러로 배정해도 될까?"

담당 선생님 제도.

트렐로 스쿨에서는 학생들의 빠른 적응을 돕고, 영재들을 가까이에서 관찰, 관리하기 위해 각 학생의 담당 선생님을 할당한다.

그렇게 할당된 선생님들은 주기적으로 아이들과 상담을 하며, 앞으로 나아가야 할 길을 함께 고민한다.

우민이 알았다며 고개를 끄덕였다.

"뭐, 그렇게 해도 상관없을 것 같아요."

릴리 스위프트가 환하게 웃으며 자리에서 일어났다.

"그럼 지금 바로 선생님께 가보거라. 아직 개학 전이니까 자리에 있을 거야. 기숙사 위치는 미스 테일러에게 말해놓으마."

등을 떠밀다시피 급히 재촉하는 모습에 불안감이 스멀스멀 피어올랐다.

*　　　　*　　　　*

문 앞에 도착한 우민이 문을 두드렸다.

"미스 테일러?"

반응이 없어 다시 한번 노크를 하자 그제야 안쪽에서 반응이 있었다.

"들어와."

우민이 가까이 다가갈 때까지 엠마 테일러는 대꾸조차 하지 않았다. 학생들의 과제물로 보이는 종이를 불태우는 데 여념이 없었다.

바로 코앞까지 다가간 우민이 다시 물었다.

"미스 테일러?"

"우민?"

"맞습니다."

엠마 테일러가 한 장의 종이를 내밀었다. 우민이 SET 자격을 받을 때 써 냈던 에세이였다.

"네가 쓴 글 맞지?"

"맞습니다."

"호호, 과연 글에서 보이는 성격 그대로구나."

몇 마디 나누지 않았음에도 마치 자신에 대해 다 알고 있는 것처럼 행동했다. 살짝 기분이 나빠지려 할 때 또 다른 종이를 집어 들어 보여주었다.

Profiling result
Name:Yu Min Lee

　—지배자적 유형.
　—자신이 뛰어나다는 사실을 알고 있으며, 이를 통해 주변
을 통제하는 재미에 빠질 수 있음.
　—이는 아직 본능이 우세한 어린아이들에게 흔히 나타날
수 있는 아주 자연스러운 현상임.

　"앞으로 너에 대한 교육은 이 자료를 바탕으로 이뤄질 거
다. 수긍 가지 못하는 것이 있다면 체크해서 다시 제출하도록
해."
　우민이 엠마 테일러의 손을 맞잡았다. 미국에 오기 전 작성
하여 보냈던 성격 유형 검사지의 결과가 줄줄이 적혀 있었다.
　자신에게 맞는 것도, 아닌 것도 있지만 대부분이 고개를 끄
덕일 만큼 수긍이 가는 내용이었다.
　그곳에는 성격 유형에 따른 다양한 교수법이 적혀 있었다.
　'역시 미국인가.'
　전문적이고, 과학적이며 합리적이었다. 우민이 보기에도 절

로 고개를 끄덕이게 만들었다.

우민은 엠마 테일러의 안내를 받아 기숙사에 도착해 '털썩' 침대에 누웠다.

오늘 하루가 굉장히 길게 느껴졌다.

펑펑 눈물을 쏟아내는 유민아를 달래고, 비행기를 타고 와 올라오는 눈물을 겨우 삼키며 어머니를 보냈다.

비록 의연하게 행동했지만 14살.

초등학교를 졸업한 지 1년밖에 되지 않은 나이이다.

침대에 누워 우민은 약해지려는 마음을 다잡았다. 당장이라도 엄마에게 연락해 어리광을 부리고 싶었지만 그건 둘 모두를 힘들게 할 뿐이다.

"2인 1실에 기숙사 생활, 앞으로 여기에서 4년 동안 있어야 한단 말이지."

우민은 자신이 생활할 방을 둘러보았다. 자리에는 없지만 룸메이트의 짐이 옆자리에 잔뜩 쌓여 있었다.

"피곤하다……."

장시간의 비행 때문인지 더 이상 눈을 뜨고 있기가 힘들었다. 우민은 누워 있는 그대로 스르륵 잠들어 버렸다.

*　　　　*　　　　*

잠결에 어디선가 문 열리는 소리를 들은 것 같았다. 쏟아지는 졸음을 참지 못하고 다시 눈을 감았지만 얼마 뒤 '부스럭' 거리는 소리가 끝없이 들려왔다.

결국 우민이 긴 숨을 토해내며 눈을 떴다. 고개를 돌려보니 새까만 피부색의 남자아이가 짐을 풀고 있었다.

"으… 으음."

우민이 신음 소리를 내며 깨어나자 흑인 남자아이도 우민을 바라보았다.

"미, 미안해. 나, 나 때문에 깨, 꼈구나."

허리를 일으켜 자리에 앉은 우민이 말했다.

"아니, 어차피 이제 일어날 시간이니까. 내 룸메이트?"

"나, 나는 쿠에시 아난이야."

"우민. 앞으로 잘 지내보자."

짙은 검은색 피부에 하얀 눈동자가 묘하게 자리 잡고 있었다. 가지고 있는 물건들을 보니 그리 잘사는 집안은 아닌 것 같았다.

'나랑 비슷한 특별 전형으로 들어온 건가.'

정리를 하던 쿠에시 아난이 가방을 들어 올렸다.

와르르.

지퍼를 제대로 채우지 않았는지 속에 있던 내용물들이 바닥으로 쏟아져 내렸다.

당황한 쿠에시 아난이 허둥지둥 물건들을 그러모아 봤지만
역부족, 지켜보던 우민이 한 손 거들었다.

"천천히 해, 천천히."

"고, 고마워."

하나씩 침대 위에 물건을 올리던 우민의 눈에 유독 색이 바
랜 공책 하나가 들어왔다.

어린 시절에 쓴 건지 글씨마저 삐뚤빼뚤했다. 그것이 더욱
호기심을 자극했다.

공책을 펼쳐 들자 역시나 어린 시절의 일기들이 적혀 있었
다.

날씨: 잡초 한 포기 없는 대지를 태워 버릴 듯한.

제목: 태양에 말라 버린 물.

우민은 순식간에 내용을 읽어 내려갔다. 잘못된 철자들이
군데군데 보였지만 일기 형식의 이야기는 거슬리는 부분 없이
술술 읽혔다.

그렇게 몇 분 동안 글을 읽은 우민이 고개를 든 순간 쿠에
시 아난과 딱 눈이 마주쳤다.

"그, 그만 보고 줬으면 좋겠는데……."

남의 글을 함부로 보고 있는 건 자신인데 미안해하는 건

쿠에시 아난이었다.

도대체 얼마나 소심한 성격이면 이럴 수 있을까?

우민은 잘 이해가 되지는 않았지만 서둘러 사과하며 보고 있던 공책을 내밀었다.

"아, 미안해. 재밌어서 나도 모르게 끝까지 읽어버렸네."

웃으며 하는 말에 쿠에시 아난이 처음으로 표정을 굳혔다. 여전히 더듬거리기는 했지만 전달하고자 하는 메시지는 명확했다.

"재, 재미? 너, 너는 다, 다른 사람의 아픔을 재미로 느끼는구나."

우민은 마치 철퇴로 뒤통수를 세게 두드려 맞은 것 같았다. 일기의 내용이 머릿속에서 유영하며 자신에게 빈정댔다.

혼자 똑똑한 척은 다 하더니 물 한 방울, 먹을 쌀 한 톨이 없어 삶과 죽음의 경계를 드나들던 아이의 일기가 그저 재밌기만 했나 보지? 다른 사람 아픔을 살필 가슴은 없나 봐?

이번에는 우민이 말을 더듬었다.

"미, 미안. 내가 재밌다는 뜻은 '웃기다'는 뜻이 아니라, 감동적이다 뭐 이런 뜻……."

"괘, 괜찮아. 이, 이런 일이야 익숙하니까."

가슴이 저릿했다. 자신도 모르게 꿀꺽 침을 삼켰다.

"…저, 정말 미안해."

방 안에 어색한 공기가 감돌려 했다. 우민이 재빨리 나서며 바닥에 떨어져 있는 다른 책을 집어 들었다.

"이것도 여기 올려두면 되지?"

그렇게 한참 동안 짐 정리를 도와주고 나서야 우민은 다시 침대에 앉을 수 있었다.

짐 정리를 마치고 둘은 어색하게 앉아 있었다. 두리번거리던 우민의 눈에 책장에 꽂혀 있는 헤밍웨이의 책들이 눈에 들어왔다.

"헤밍웨이 좋아해?"

"으, 웅. 내, 내가 존경하는 작가님들 중 한 분이야."

우민은 분위기도 쇄신할 겸 큰 소리로 헤밍웨이의 명언 중 하나를 말했다.

"태양이 있는 한 절망하지 않아도 된다!"

"……"

쿠에시 아난이 잠시 창밖 하늘을 바라보았다.

아! 태양…….

하필이면 일기 속에서 쿠에시 아난과 어머니를 괴롭히는 태양을 긍정적으로 표현하는 문구를 말했다.

우민이 쿠에시 아난의 눈치를 살폈다.

자신이 이렇게 다른 사람의 눈치를 살피게 될 줄은 꿈에도 몰랐다.

하지만 이미 일기를 봐버린 것을 어쩌겠는가.

"다, 다른 좋은 말씀도 많이 해주셨지. 트, 특유의 허무주의적 문체와 마초적인 성격으로도 유명하고 또⋯⋯."

우민이 주절주절 설명을 늘어놓자 쿠에시 아난이 말했다.

"구, 굳이⋯ 위, 위로하지 않아도 돼. 나, 나에게 태양은 절망의 상징이었지만 너, 너에게는 다를 수 있으니까."

쿠에시 아난과 대화를 나눌수록 우민은 강한 끌림을 느끼고 있었다.

말이란 곧 생각의 표현이다.

쿠에시 아난의 말 한마디, 한마디가 가슴에 와닿았다. 아직 나이를 물어보지는 않았지만 비슷한 또래로 보였다.

그런데 어떻게 자신이 하고 있는 말의 의도를 이토록 정확하게 집어내는 것일까?

우민은 불현듯 속 이야기를 털어놓고 싶다는 생각에 사로잡혔다.

"나에게는 '돈'이 절망의 상징이었어. 어머니는 매일같이 일을 하러 나가야 했고, 나는 어두운 방에서 우두커니 혼자 집을 지켜야 했지."

쓸쓸하게 웃던 우민이 펜 한 자루를 들어 보였다.

"유일한 친구는 이거였어."

우민이 내민 펜을 본 쿠에시 아난이 활짝 웃으며 필통에서 엄지 길이 정도의 몽당연필을 꺼냈다.

"나, 나도 마찬가지야. 우, 우리 두, 둘에게 공통점이 있었 네."

짜릿했다.

생전 처음 보는 아이와의 대화가 이토록 설렐 줄은 상상도 하지 못했다. 우민은 전신을 훑고 지나가는 기분 좋은 설렘을 잠시간 음미했다.

눈치를 살피던 쿠에시 아난이 입을 열었다.

"호, 혹시 기, 기분 나쁘니?"

아니.

그럴 리가.

"기분이 나쁘다니, 전혀. 오히려 너무 즐거워."

그동안 말이 통하는 상대는 많았다. 하지만 또래 아이는 없 었다. 이것이 마음이 통하는 친구와의 대화구나.

우민은 본능적으로 알 수 있었다.

그런 우민을 보며 쿠에시 아난이 말했다.

"다, 다행이다. 하하, 괜찮다면 나, 나랑 글쓰기 놀이 할래?"

"응. 어떻게 하면 되는데?"

"헤밍웨이의 여섯 단어 소설 쓰기 알아?"

당연히 알고 있다.

우민이 씨익 웃으며 흥에 겨워 소리쳤다.

"For sale."

끝까지 말하지는 못했다. 쿠에시 아난도 약간 흥이 난 듯 뒷말을 받았다.

"Baby Shoes!"

마지막 말은 함께였다.

"Never worn."

한 번도 신지 않은 아기 신발 팝니다.

헤밍웨이가 친구들과의 장난스러운 내기에서 써낸 문장으로 단문체의 헤밍웨이를 대표하는 글귀였다.

우민의 입가에 만족스러운 미소가 걸려 있었다. 그건 쿠에시 아난도 마찬가지였다.

'마음이 맞는 사람과의 대화란 이렇게 즐거운 거구나.'

우민은 일분일초가 흘러가는 것이 아까울 지경이었다.

*   *   *

헤밍웨이의 6단어 소설 쓰기.

방법은 단순했다.

6개의 단어를 조합하여 하나의 이야기를 만들어내면 된다.

돈이 없어졌다. 아빠는 운다. 엄마는 웃는다(비자금을 잃어버린 아빠의 아픔. 청소를 하다 공돈이 생긴 엄마의 기쁨을 나타내는 이야기).

이런 식으로 6단어를 통해 한 문장을 만들어내는 대신 그 안에 이야기가 숨어 있으면 된다.

둘은 시간 가는 줄을 모르고 6단어로 된 이야기를 경쟁적으로 만들어냈다.

"Get married. The interview fell off(결혼한다. 인터뷰는 무산됐다)."

우민이 한 문장을 말하면 쿠에시 아난이 뜻풀이를 했다.

"하하, 막막하겠다. 결혼해야 하는데 아직 직장도 구하지 못했다니."

"이제 네 차례야."

"음… Scathing. She stood against the sun(그녀는 태양을 등지고 섰다. 따가웠다)."

쿠에시 아난은 중의적 표현을 즐겨 썼다. 우민은 문장을 곱

씹으며 생각에 잠겼다.

"흐음······."

그렇게 잠시 생각에 잠기면 쿠에시 아난이 신나게 문장에 대한 해석을 덧붙였다. 이럴 때는 말을 더듬는 습관이 사라진다.

"어릴 때 일을 하고 있으면 어머니가 그늘이 되어주었어. 어머니도 많이 힘드셨을 텐데."

우민은 6단어 소설 쓰기를 하면 할수록 쿠에시 아난이 어려운 환경 속에서도 즐겁게 살아왔음을 알게 되었다.

범상치 않은 재능이 있음도 알게 되었다.

능력 있고, 착한 이 친구가 어려운 환경을 이겨내고 더 즐겁게 살 수 있는 방법이 없을까?

"쿠에시, 너는 어떤 글이 쓰고 싶어?"

뜬금없는 질문에 쿠에시 아난이 말을 멈추고 우민을 바라보았다.

"뭐, 어, 어떤 글이냐고 하면, 그, 그냥 생각해 본 적이······."

마지막 말은 거의 기어들어 가다시피 했다. 신나게 떠들 때와는 180도 다른 모습이었다.

우민이 담담히 말을 이었다.

"나는 잘 팔리는 글을 쓰고 싶어. 물론 문학적으로도 완성도가 높다면 좋겠지만, 두 가지가 저울에 올라 있을 때 내가 무게를 더 두는 것은 전자일 거야."

당당히 말하는 우민의 모습을 쿠에시 아난이 부럽다는 듯 쳐다보았다.

"나, 나도 그러고 싶어. 고향에서 고생하시는 부모님, 형제들의 삶이 지금보다 나아지길 원해."

지기 싫은 마음에 토해내는 어린아이의 치기로 느껴지지는 않았다. 쿠에시 아난이 겪었던 과거의 경험이 진심이 되어 흘러나왔다.

도와주고 싶다.

"그렇다면 말이지……."

자신이 미국에 오기 전 준비했던 것을 함께하면 꽤 재밌을 것 같았다.

경제적으로도 분명 도움이 될 것이다.

"그러면 나랑 같이 'Reddat'에 글 한번 올려볼래?"

Reddat.

한국에는 잘 알려져 있지 않지만 기본적으로 게시판 형태로 운영되는 사이트다. 한국의 '디시인사이드'와 비슷한 미국의 유명 커뮤니티 사이트.

알아본 바에 의하면 이곳에서 소설을 연재하는 사람도, 그걸 보는 독자들의 수도 상당했다.

여기다.

여기가 '과연 자신의 글이 미국에서 통할까?'라는 의구심을 해결해 줄 통로라 생각했다.

"레닷?"

우민이 자리에서 일어나 쿠에시 아난의 어깨에 팔을 둘렀다.

"그래, 그곳이 널 구해줄 거야. 내가 그렇게 만들 테니까."

벌써 사위는 어두컴컴해졌고, 시계를 보니 새벽 한 시가 넘어가고 있었다.

"그, 그래?"

"응. 자세한 이야기는 내일 하자. 후아암, 너무 졸립다."

입이 찢어져라 하품을 한 우민이 침대에 누웠다. 시차 때문인지, 정신없이 몰아친 하루 때문인지 금세 잠에 곯아떨어졌다.

$$* \qquad * \qquad *$$

아직 개학까지는 일주일 정도의 시간이 있었다. 이곳에서 일 년 동안 생활해 본 쿠에시 아난의 말에 따르면 교과 과정이 그리 녹록치는 않다고 했다.

그렇다면 개학 전에 최대한 플롯을 짜고, 이야기의 얼개를 만들어두어야 한다.

우민은 쿠에시 아난을 데리고 학교에서 인당 한 대씩 제공되는 노트북 앞에 앉았다.

"이곳에서 인기 있는 게시물을 엮어 책을 출판해 베스트셀러 작가로 등극한 사람들도 꽤 많아."

우민이 레딧에 접속해 게시물들을 보여주며 설명했다.

"전체 1등은 아무래도 간단한 뉴스거리, 재밌는 이미지들이 차지하고 있어."

우민은 능숙하게 레딧의 메뉴들을 클릭해 나갔다.

"여기 Novels 카테고리에 가면."

우민이 마우스를 클릭하자 아무리 스크롤을 내려도 끝이 보이지 않는 게시물들이 보였다.

최신, 인기별로 리스트를 정렬할 수 있게 되어 있었다.

이내 우민이 보여주려고 하는 화면이 나타났다.

"여기 옆에 숫자 보이지? 이게 다 사람들이 후원한 금액이야. 작가에게 온전히 돌아가는 돈이지."

숫자를 보자마자 쿠에시 아난의 눈이 돌아갔다.

1,014$.

자본주의를 사랑하는 나라답게 현재 후원된 금액이 얼마인지 1달러 단위로 적혀 있었다.

천 달러면 우리나라 돈으로 거의 백만 원이 넘어가는 금액이다.

쿠에시 아난이 태어난 아프리카에서라면 몇 달을 가족들이 굶주리지 않고 생활할 수 있는 돈이었다.

우민이 쿠에시 아난의 열정에 불을 지필 결정타를 날렸다.

"이 돈이 만 자도 되지 않는 단 한 편의 글로 벌어들인 수입이라면 믿을 수 있겠니?"

편당 결제를 통한 유료 연재라는 개념은 아직 없었다.

대신 후원의 개념이 발달해 있었다.

좋아하는 작가의 글을 순수한 마음에서 후원하는 것이다

팁 문화가 자리 잡고 있어서인지 레딧의 인기 게시물에 지원되는 후원금이 상당했다.

"이것만이 아니야. 여기 붙어 있는 광고 수입도 글쓴이에게 분배가 되고, 또 여기서 인기를 끌어 책으로 출판해서 성공하는 케이스도 엄청나게 많아."

쿠에시 아난이 침을 삼키는 소리가 우민의 귀에 들렸다. 하지만 쿠에시 아난은 자신이 없었다.

"내, 내가 할 수 있을까?"

우민이 하는 말이 모두 비현실적으로 느껴졌다. 작년 이곳에 입학하여 잠을 쪼개가며 학업에 열중했다. 타고난 재능 덕에 문학, 언어, 창작 같은 분야에서는 제법 괜찮은 성적을 거두었다.

하지만 학교에서 성적을 거두는 것과 책을 출판해 성공하는 것이 다르다는 것쯤은 알고 있다.

자신 없이 말하는 쿠에시 아난을 향해 우민이 한 치의 망설임도 없이 답했다.

"내가 할 수 있어."

두근거렸다.

두근두근.

우민의 말이 마치 휘발유라도 되는 양 심장은 멈추지 않고 속도를 올려 나갔다.

잘생긴 동양인 친구의 저 끝없는 자신감은 어디서 나오는 걸까? 이야기를 나눌수록 부럽기만 했다.

"너도 할 수 있어. 말했잖아. 내가 그렇게 만들겠다고."

덜컥.

브레이크라도 걸린 것처럼 빠르게 달려가던 심장이 멈추었다. 쿠에시 아난은 알 수 있었다.

멈춘 게 아니다.

가속하기 위한 추진력을 얻기 위함이다.

"하, 하자. 할게. 죽을힘을 다해 써볼게."

"개학까지 일주일 남았으니까 그 전에 올리는 걸 목표로 하자."

일주일?

아직 플롯도 전체적인 구성도 어떤 이야기를 풀어낼지에 대한 주제도 정하지 못했는데 일주일 만에 소설을 써내자고?

죽을힘을 다해 노력해 보겠다던 쿠에시 아난이 할 말을 잃고 우민을 바라보았다.

자신이 잘못 들은 건 아닐까 해서 다시 물었다.

"이, 일주일 만에 써, 써서 올리자는… 거, 거지?"

"맞아. 이거 보아하니 내 말을 못 믿는 것 같은데?"

정곡을 찌른 말에 쿠에시 아난의 말 더듬는 증상이 더욱 심화되었다.

"그, 그런 거, 그런 거 아, 아니야."

우민이 괜찮다며 한차례 웃어 보인 후 물었다.

"소설 구성의 3요소는?"

왜 물어보는지 몰랐지만 쿠에시 아난은 시키는 대로 순순히 답했다.

"이, 이, 인물, 인물. 사, 사건. 배, 배겨, 배경인가?"

말을 더듬는 것이 살짝 거슬리기는 했지만 그 정도는 충분히 참을 수 있었다.

그보다는 대화가 통한다는 희열이 더 컸다.

"인물, 사건, 배경. 여기서 이미 인물과 사건이 잡혀 있다면 수월하지 않을까?"

우민이 보고 있던 노트북 화면을 쿠에시 아난에게로 돌렸다.

Title: Children of a Poor Village.

"가난한 마을 아이들?"

"내가 한국에서 출판한 장편소설이야. 미국에서 출판해 보기 위해서 영어 공부할 때 짬짬이 번역했지. 이래 봬도 지금 한국에서는 베스트셀러 최상위권에 있어."

원제, 달동네 아이들.

드라마로까지 제작된 우민의 첫 장편소설이었다. 영어 공부를 하며 자신의 소설을 번역한 것을 쿠에시 아난에게 보여준 것이다.

"아, 저, 정말 우민 네가 출판한 책이야?"

쿠에시 아난이 믿기지 않는다는 듯 글을 한 번 보고 우민을 다시 한번 쳐다보았다.

"이걸 내가 말한 레딧에 올려보려 했는데, 널 만나고 나서 더 좋은 생각이 떠올랐어."

쿠에시 아난의 머리가 빠르게 돌아갔다. 비록 말은 더듬고 있지만 그 역시 머나먼 아프리카에서 특별 전형으로 트렐로 스쿨에 입학한 수재.

우민이 말한 좋은 생각이 무엇인지 바로 눈치챌 수 있었다.

"배, 배, 배경을 아, 아프리카로… 하, 하겠다는 뜻인가?"

고개를 끄덕인 우민이 빠르게 말을 이었다.

"배경이 바뀌면 인물이나 사건도 조금씩 수정되어야 하겠지만 우리 둘이 힘을 합치면 충분히 가능해."

자신도 머지않은 미래에 베스트셀러 작가가 되는 것을 목표로 하고 있었다.

그런데 비슷한 또래로 보이는 이 친구는 이미 한국이라는 나라에서 베스트셀러 작가란다.

자신의 목표를 이룬 소년.

이 친구를 따라가다 보면 자신도 원하는 곳에 도달해 있지 않을까?

"나, 나도 그렇게 생각해!"

믿으라는 말만이 아닌 결과물로 보여주는 모습에 조금 전까지 마음속에 드리웠던 작은 의심이 차츰 강한 확신으로 바뀌는 중이었다.

"제목도 생각해 뒀어. '아프리카 아이들'."

"나, 나도 조, 좋아!"

사슴 같은 눈망울로 자신을 보며 고개를 끄덕이는 쿠에시 아난을 보자 우민은 장난을 치고 싶었다.

"정말? 아닌 것 같은데… 방금 전에 날 의심한 것 같았는데……."

은근한 어조의 말에 쿠에시 아난이 어찌할 바를 몰라 하며 한층 말을 더듬었다.

"아, 아, 아니, 아니야. 그, 그게. 그, 그냥. 어……."

말을 하던 쿠에시 아난이 고개를 푹 숙였다. 너무 진지한 반응에 오히려 우민이 놀라며 쿠에시 아난의 어깨를 붙잡았다.

"야, 자, 장난이야. 왜 그래?"

"사, 사, 사실은, 조, 조금 너, 널 미, 믿지 모, 못했어."

약간은 울먹이기까지 한 말투에서는 혹여 자신을 싫어할까 두려워하는 감정이 느껴졌다.

"그게 당연한 반응이지. 뭘 그걸 가지고 그래."

"아, 아니야. 미, 미안해. 내, 내가 미안해."

고개를 푹 숙이고 하는 말에 이번에는 우민이 어찌할 바를 몰라 했다.

이대로 그냥 두었다가는 남자아이의 눈물을 보아야 할 것 같았다.

"자, 시간이 없으니까 미안함은 잠시 묻어두고, 작업부터 시작하자. 내가 전체적인 구성부터 설명해 줄게. 들어보고 아프리카라는 배경에 맞는 건 그대로 두고, 수정할 건 수정하자."

"저, 정말 열심히 할게!"

쿠에시 아난이 숙이고 있던 고개를 들었다. 검은색 피부에 박혀 있는 하얀색 눈에 살짝 붉은 기가 돌았다.

친구.

친구라는 단어가 자연스럽게 우민의 가슴속으로 들어왔다.

*   *   *

개학일.

명문 사립 학교답게 트렐로 스쿨은 엄격한 교칙을 유지하고 있다.

통일된 교복, 한 치의 오차도 없는 통제 속에서 아이들이 하나둘씩 개학식이 진행되는 강당 안으로 들어섰다.

그 속에 우민도 있었다.

우민은 한 방을 쓰고 있는 쿠에시 아난과 함께 교복을 착용하고 대강당으로 들어섰다.

그새 자란 키는 170㎝에 육박했고, 관리받지 않아도 매끈한 피부는 비록 동양인이지만 서양 아이들이 한 번씩 고개를 돌리도록 만들었다.

쿠에시는 그런 광경이 낯선 듯 중얼거렸다.

"우, 우민. 아, 아이들이 널 쳐다보는데?"

"알아."

"아, 아는구나."

쿠에시 아난은 우민의 이런 당당함이 아직 적응되지 않았다.

"지금보다 더 많은 사람들이 날 쳐다본 적도 많아. 이 정도의 시선이야 별것 아니야."

우민은 미국으로 오기 전 있었던 일을 떠올렸다. 기자회견장에서 겪은 플래시 세례. 그 후에도 어떻게 알았는지 공항까지 쫓아왔다.

이제 겨우 며칠 지나지도 않았는데 벌써 몇 년 전의 일처럼 아득하게 느껴졌다.

개학식은 엄숙하고, 조용한 가운데 진행되었다.

자유로운 분위기를 생각했던 우민의 예상을 완전히 빗나가는 진행이었다.

"쿠에시, 원래 이런 분위기야?"

어젯밤 잠을 제대로 못 잤는지 연신 하품을 해대던 쿠에시 아난이 말했다.

"미, 미국이라고 자, 자유롭기만 한 건 아냐. 트렐로는 그, 그중에서도 유독 교칙이 엄격해."

하품을 하던 쿠에시 아난이 눈물까지 찔끔 쏟았다. 피곤해 보이는 그 모습이 염려되어 우민이 물었다.

"너무 무리하는 거 아냐? 비축분 쌓았으니까 이제 천천히 해도 돼. 장편은 꾸준히 쓰는 게 중요하니까."

쿠에시 아난은 여전히 졸린지 눈을 껌벅거리면서도 고개를 저었다.

"조, 조금 조, 졸리긴 하지만 아, 아직은 괜찮아."

"오늘 개학식 끝나고 기숙사로 돌아가면 올려보자. 기대해도 좋을 거야."

레닷에 글을 올린다는 말에 들뜬 마음은 졸음도 물러가게 만들었다.

잠이 가신 듯 눈빛이 약간이지만 또렷해졌다.

"네, 네가 아, 아니었다면 하지 못했을 거야."

소곤거리며 대화를 나누는 사이 식순은 중반을 지나고 있었다.

"작년 전미교육자협회 최우수 교사상을 받은 엠마 테일러님의 교사 대표 연설이 있겠습니다."

사회자의 말에 앞좌석에 앉아 있던 엠마 테일러가 단상으로 올라왔다.

익숙한 이름에 쿠에시 아난과 소곤거리던 우민도 정면을 바라보았다.

'전미교육자협회 최우수 교사?'

뭔가 남다른 면이 있다고 생각하긴 했다. 하지만 최우수상을 받을 정도의 인재일 줄은 몰랐다.

단상 위로 올라간 엠마 테일러가 입을 열었다.

"반가워요. 아마 제 수업을 한 번이라도 들었던 학생이라면 알겠지만 저는 단 한 가지 교육 철학을 가지고 수업을 진행합니다."

그녀는 잠시 마이크에서 입을 떼고 강당에 앉아 있는 학생들과 눈을 마주치기 시작했다.

그리고 우민과 눈이 마주치는 순간 입을 열었다.

"바이러스."

'바이러스?'

무슨 말일까 도통 짐작이 가질 않았다. 우민이 생각에 잠겨 있는 사이에도 엠마 테일러의 연설은 계속되었다.

"익히 알고 있겠지만 감기는 치료 방법이 없는 바이러스성 질환입니다. 한 가지 방법은 오로지 본인이 가지고 있는 면역력으로 이겨내는 것이에요. 저는 교사가 학생들의 면역력을 키워주는 바이러스가 되어야 한다고 생각해요."

한쪽으로 올라갔던 미소가 한층 짙어졌다. 우민이 느끼는 오한도 심해졌다.

"사회에 나가 거친 풍파를 견뎌낼 수 있도록 학교에서 예방 접종을 놔주는 것. 이것이 바로 제가 가진 교육 철학입니다."

바이러스라는 말에 입학 전 받았던 프로파일링이 생각났다. 자신에 대해 상세히 분석해 놨던 파일이 기반이 되어 예방 접종을 하겠다는 뜻이겠지?

"다소 과하고, 거칠 수도 있습니다. 만약 그렇다고 생각되면 즉각 의사 표현을 해주세요. 교육은 one—sided가 아니라 interaction이니까요."

우민이 절로 고개를 끄덕였다. 왜 노아 테일러가 엠마 테일러의 수업을 들어보라고 했는지 알 것 같았다.

*   *   *

개학식이 끝나고 밖으로 나가는 뒤통수가 간지러웠다.

"일요일도 아닌데 개학식에 참가해?"

아주 교묘하게 귓속을 파고들 정도로 작은 소리였다. 쿠에시 아난도 들었는지 발걸음을 빨리하려 했다. 하지만 개학식이 끝나고 나가는 학생들 중 누가 말한 것인지 파악하기가 힘들었다.

"쿠에시, 왜 그래, 무슨 일이야?"

"그, 그, 그게. 나, 나를 노, 놀리는 마, 말이야."

"응?"

자세한 설명을 하기에는 자리가 좋지 않았다. 뒤에서 또 다시 낄낄거리는 소리가 들렸다.

"일요일도 아닌데 친구랑 있네?"

우민이 도망치려 하는 쿠에시의 팔목을 붙잡았다. 자세한 뜻은 알 수 없지만 놀리고 있다는 상황만으로도 화를 내기에는 충분했다.

"뭐야, 어떤 놈이야!"

시끌벅적한 상황.

그보다 큰 목소리로 소리치자 밖으로 향하던 학생들의 이목이 단숨에 우민에게로 집중되었다.

"말하려면 당당하게 앞에 와서 해. 뒤에서 소곤거리지 말고."

그런 우민의 앞에 금발의 청년이 나타났다.

"학생회장인 대니얼 밀러다. 소란 피우지 말고, 조용히 수업이나 들어가."

대니얼 밀러.

트렐로 스쿨에 입학하는 순간부터 10학년인 현재까지 학생회장을 꿰찬 정치 명문가의 장손.

우민은 고개를 들어 그를 올려다보았다.

"소란은 다른 학생들이 먼저 피웠습니다."

"알았으니까. 조용히 하고 들어가."

"다른 학생에게 육체적, 감정적으로 상처를 입힐 시 벌점 20점. 이런 상황에서도 조용히 하고 들어가라는 말입니까?"

우민은 학생행동강령에 있는 내용을 읊었다.

학생행동강령.

입학 전 학교생활에 관한 전반적인 내용이 적힌 책자였다.

"이유 없이 소란을 일으키면 벌점 10점이다."

말을 마친 대니얼 밀러가 쿠에시를 보며 물었다.

"쿠에시 아난? 정말 감정적으로 상처를 입었나?

"아, 아, 아, 그, 그게."

절로 풍겨지는 위압감 때문인지 쿠에시 아난이 제대로 답하지 못했다. 그저 지금의 분란이 어서 사라지기만을 바랄 뿐이다.

여린 성격의 쿠에시다. 혹시나 자신이 분란을 일으키면 학교에서 쫓겨날까 전전긍긍할 게 뻔했다.

하지만 나는 아니다.

"다쳤다고 하면 마치 죽일 것처럼 노려보면서 물으면 누가 아프다고 대답합니까?"

묘하게 사람을 깔보는 듯한 아우라가 있었다. 큰 덩치의 대니얼 밀러가 눈을 부릅뜨며 한 발 더 쿠에시에게 다가가 물었다.

"다시 묻지. 정말 누군가 위해를 가했나?"

그런 둘 사이로 우민이 끼어들었다. 그리고 그런 둘 사이로 다시 엠마 테일러가 끼어들었다.

"대니얼, 내가 말했지? 쿠에시가 '그게'라고 말할 정도면 그건 긍정의 의미라고."

"……."

이미 쿠에시를 보며 키득거리던 학생들은 사라진 상황.

엠마 테일러가 타이르듯 말했다.

"자, 다들 지각하기 전에 뛰는 게 좋을 거야. 똑똑하니까 지각 한 번에 벌점이 몇 점인지는 알겠지?"

상황은 빠르게 정리되었다.

제3장

천재를 가르치는 천재

잠시간의 소란을 뒤로하고 우민은 쿠에시 아난과 교실을 찾아갔다.

400에이커가 넘는 부지에 세워진 학교는 교실을 찾아가는 데만도 꽤나 시간을 소요하게 만들었다.

"쿠에시, 조심해."

졸면서 걷던 쿠에시 아난이 비틀거리며 옆으로 쓰러지려 했다. 우민이 재빨리 잡지 않았다면 모로 쓰러졌을 것이다.

"괘, 괜찮아."

"이제 그만해도 된다니까. 밤에 잠 좀 자."

"이, 이렇게 하, 하지 않으면 도, 동생들에게… 미안해서……."

쿠에시가 뒷말을 삼켰다. 열악한 아프리카의 생활은 소설을 쓰며 충분히 들었다.

마침 수업이 진행되는 건물이 보였다. 우민이 일부러 활기차게 말했다.

"찾았다."

개학식이 끝나고 첫날 첫 수업이 엠마 테일러의 강의였다

Creative Writing.

그녀를 전미 교육자협회 최우수 교사상을 받게 만든 수업이다.

어디 얼마나 뛰어난 수업을 하는지 한번 들어볼까?

우민이 교실 문을 열고 들어갔다.

막 문을 열고 들어가려는 순간 헐레벌떡 거친 숨을 토해내며 두 명의 학생들이 뒤에서 나타났다.

그중 연한 적갈색 머리의 여자아이가 숨을 헐떡이며 말했다.

"헉헉, 아직 선생님 안 오셨지?"

우민이 살짝 고개를 끄덕였다. 위아래로 우민을 살펴보던 아이가 놀란 눈으로 악수를 청했다.

"이야, 우리 학교에서 대니얼 밀러 님께 대든 분이 나랑 같은 수업을 듣네."

어느새 소문이 퍼졌는지 연한 적갈색 머리의 여자아이가 즐겁다는 듯 생글생글 웃어댔다.

이내 뒤에서 긴 그림자가 드리웠다. 고개를 돌려보니 엠마 테일러가 환하게 웃으며 서 있었다.

"카타리나, 지각이 벌점 몇 점이었지?"

카타리나 켈리가 몸을 배배 꼬며 혀를 굴렸다.

"제가 얼마나 미스 테일러를 존경하고, 사랑하며, 친애하고, 공경하며, 소망하며, 목표하고, 관심을 가지며, 신뢰하고, 의지하며, 감사하고, 걱정하며, 열망하고, 힘을 얻으며……."

카타리나 켈리는 끊임없이 자신이 얼마나 엠마 테일러를 생각하는지에 대해 설파했다.

오 분이 지나가자 우민은 슬슬 지루해지기 시작했다. 하지만 멈출 기색이 없었다.

엠마 테일러는 끈기 있게 카타리나 켈리의 설명을 경청했다.

그렇게 오 분이 더 흐르고 나서야 카타리나 켈리가 말을 멈추었다.

"이제 끝이니?"

"헥헥… 이, 이 정도면 벌점 면제해 주셔야 한다고 생각합니다."

"작년보다는 단어량이 많이 늘었지만 아직 부족해. 단어천 개 이하면 소용없다고 내가 말했지? 지금 600개 정도를 말했으니, 탈락."

"칫."

카타리나 켈리를 지나쳐 간 엠마 테일러가 칠판 앞에 섰다.

"자, 수업 시작해야지. 다들 앉아."

수업 시작부터가 남달랐다. 다른 아이들에게는 익숙한 장면인 듯 빠르게 각자의 자리를 찾아 앉았다.

잠시 생각에 빠진 우민의 어깨를 쿠에시 아난이 툭 쳤다.

"우민, 자리에 앉자."

정신을 차린 우민이 자리에 앉아 엠마 테일러를 바라보았다.

찡긋.

엠마 테일러가 자신을 향해 윙크를 날리고 있었다.

*   *   *

"창의적인 글쓰기 수업은 크게 네 가지 영역에서 진행될 거다."

창의적인 글쓰기에 대한 간략한 소개.

심화.

작품 완성.

마지막으로 출판까지.

총 4가지 큰 분류를 가진다.

엠마 테일러는 차분히 수업에 대한 소개를 진행해 나갔다. 첫 만남에서 느낀 당황스러움과 오늘 강당에서 본 탱탱볼 같은 모습은 찾아볼 수 없었다.

얌전히 수업을 듣고 있던 카타리나 켈리가 손을 들었다.

"이번 학기에는 소설만 다루시는 건가요?"

"예정되어 있는 건 그렇지만 너희들의 진도를 봐서 다른 영역을 진행할 수도 있어."

"시나리오도 해주시면 안 될까요?"

"참고하도록 할게."

우민은 살짝 놀랐다. 미국 학교에서는 질의응답이 자연스럽다는 건 알고 있었다. 하지만 수업의 방향까지 의견을 낼 수 있는지는 몰랐다.

소개가 끝나고, 엠마 테일러가 말했다.

"자, 소개는 이만하면 된 것 같으니 현재 실력을 한번 보자."

사각사각.

아이들이 조용히 글을 적어나갔다. 엠마 테일러는 20분 동안 자유 주제로 한 편의 글을 써서 제출하라고 했다.

그리고 남은 50분 동안 서로가 쓴 글을 나누어 보며 비평 시간을 가진다.

"가장 좋은 평가를 받은 친구에게는 Extra Credit을 주겠어요. 카타리나, 열심히 해야겠지?"

Extra Credit.

한국에서는 100점이 만점이지만 미국은 아니다.

Extra Credit을 통해 101점, 110점처럼 100점을 넘을 수도 있다. 집중해서 글을 쓰던 카타리나가 큰 소리로 외쳤다

"네!"

목소리에서 1등을 향한 진한 열망이 느껴졌다. 우민은 어떤 글을 써야 할지 고민했다.

'흠… 유머러스한 글을 써볼까.'

한국을 떠나올 때부터 그리 유쾌하지는 않았다. 쿠에서 아난을 만난 것이 그나마 환경 변화에 따른 이질감을 덜어주었다.

글까지 우울하고, 어두운 분위기를 풍기고 싶지 않았다.

'글감이야 지난번 6단어 글쓰기 때 많이 나왔으니까.'

글의 방향을 잡은 우민도 다른 아이들처럼 펜을 움직여 나갔다. 엠마 테일러가 유심히 그 모습을 지켜보았다.

30분이 지났다.

"땡!"

엠마 테일러의 종소리에 학생들이 일제히 손을 멈추었다. 우민은 진작 다 쓰고 퇴고를 하는 중이었다.

과연 능력 있는 아이들의 집합소였다. 시간이 없어 글을 마치지 못한 아이가 없었다.

"자, 이제 다 쓴 글을 왼쪽 사람에게 건네도록 해. 거기 끝자리에 앉은 조셉은 나한테 가져와. 그럼 한 사람이 비겠지? 그 차례에 재빨리 화장실을 다녀오자."

아이들이 빠르게 자신이 쓴 글을 왼쪽 옆자리로 넘겼다. 우민도 왼편에 앉아 있는 아이에게 글을 넘겼다.

피식.

글을 받아 든 아이가 첫 문장을 읽자마자 피식거렸다.

돈으로 행복을 살 수는 없다. 하지만 힘들 때 구형 혼다가 아닌 페라리에서 울고 싶다.

나에게 이별을 통보하는 여자 친구의 첫마디였다.

'통한 건가?'

자신의 글을 읽고 있는 옆자리의 아이가 무슨 생각을 하고 있는지 궁금했다.

그건 자신의 오른쪽 자리에 앉아 있는 쿠에시 아난도 마찬가지인 듯했다.

연신 곁눈질로 자신을 살폈다. 얼굴이 따가울 지경이었다.

'일단 쿠에시 글부터 읽자.'

우민은 다시 시선을 아래로 내리고 쿠에시 아난의 글을 읽어나갔다.

아이들이 쓴 글을 모두 확인한 엠마 테일러가 말했다.

"공통적으로 발견되는 사항이 있어. 먼저 이것부터 설명하고 서로의 글에 대해 비평을 시작하자."

엠마 테일러가 칠판에 한 문장을 적어나갔다.

능동태를 쓸 수 있는데도 수동태를 쓰는 경우는 절대 없도록 한다.

George Orwell.

"왜 조지 오웰이 이런 말을 했을까?"

벌점을 상쇄하고 싶은 카타리나가 가장 먼저 손을 들고 말했다.

"불완전하고 애매하기 때문입니다!"

"예를 들면, 카타리나가나 제출한 '지각'이라는 제목의 글에서 나오는 문장인 '나로 하여금 욕을 하게 만들었다'처럼 말이지?"

카타리나 켈리가 당당하게 대답했다.

"맞습니다! 누가 욕을 하게 만들었는지에 대한 정보가 빠져 있습니다!"

"그렇게 잘 아는 사람이 그래? 자, 이걸 능동태로 바꾸면 어떻게 될까."

마치 합을 맞춘 것처럼 카타리나 켈리가 답했다.

"'나는 지각을 했다는 사실에 화가 나 욕을 했다'입니다."

"처음부터 그렇게 쓸 수는 없었니?"

"……."

카타리나 켈리의 입을 다물게 만든 엠마 테일러가 우민의 앞으로 다가왔다.

"수동태를 쓰게 되면 이렇게 정보의 누락이 생기고 이는 글을 읽는 독자에게 혼란을 주게 되지. 우민, 그러면 어떻게 되지?"

고개를 끄덕이며 듣고 있던 우민이 답했다.

"글의 가독성이 떨어지게 됩니다."

"맞았어. 가독성이 떨어지면 곧 너희들이 피와 땀을 들여 써낸 글은 그대로 폐휴지 처리장으로 직행. 곧 쓰레기가 된다는 뜻이야. 조지 오웰이 왜 이런 말을 했는지 이제 알겠지?"

수업을 듣고 있는 학생들이 입을 다물고 고개를 끄덕였다. 엠마 테일러가 손을 내밀어 우민의 어깨를 짚었다.

"여기 유일하게 수동태 문장을 단 하나도 쓰지 않은 친구가 있다. 자, 박수!"

옆자리에 앉아 있던 쿠에시 아난이 부러운 듯 바라보았다. 엠마 테일러의 시선이 옆으로 옮겨 갔다.

"그리고 쿠에시."

"네, 네!"

"그간 무슨 일이 있었던 거지? 상당히 좋아졌구나."

갑자기 집중된 관심에 쿠에시 아난의 말 더듬는 증상이 심해졌다.

"무, 무슨 마, 말씀을 하, 하시는 건지. 모, 모르겠습니다."

"그렇게 선생님을 힘들게 만들어놓고선, 모르겠다니."

순간 뒤에서 누군가 들릴 듯 말 듯한 목소리로 중얼거렸다.

"일요일이 아니라서 그래?"

주변의 몇몇 학생들이 피식거리며 웃음을 터뜨렸다.

Kwesi Annan.

쿠에시. '가나' 말로 일요일이라는 뜻이다. Annan을 언어유

희로 Are not. 둘을 합쳐서 Sunday are not. 일요일이 아니다.

쿠에시 아난을 놀릴 때 쓰는 말이었다.

오늘 왜 표정이 안 좋아. 일요일이 아니라서 그래?

집에 안 가? 일요일이 아니라서 그래?

이런 식의 언어유희를 통해 아이들은 아프리카에서 온 쿠에시 아난을 놀려댔다.

분명 키득거리며 웃고 있는 저 아이들 중 한 명이 비아냥거렸다.

그동안 쿠에시가 어떤 생활을 해왔는지 대충 알 것 같았다.

옆에서 듣고 있던 우민이 입을 열었다.

"한국에는 bbaekbbaek이라는 교육법이 있습니다."

엠마 테일러가 따라했다.

"비엑비엑이?"

빽빽이는 한국의 고유명사. 엠마 테일러가 제대로 따라할 수 있을 리 없었다. 우민이 다시 한번 가르쳐 주었다.

"아니요. bbaekbbaek이 한국의 전통 교육법으로 종이에 같은 말을 반복해서 적게 하는 겁니다. 쿠에시가 수동형 문장을 쓰면 그걸 능동형으로 바꿔서 100번씩 적으라고 제가 알려주었습니다."

날 선 듯한 우민의 말에 쿠에시 아난은 살짝 떨기까지 했다.

"아, 마, 맞아요. 우, 우민이 알려줬어요. 그, 그래서 선생님께서 지, 지적하신 버, 버릇을 고쳤어요."

정확히는 알려준 것이 아니라 시킨 것이었다. '아프리카 아이들'을 협업으로 전개해 나가며 우민은 쿠에시가 수동태 문장을 적을 때마다 능동형으로 고쳐 적게 만들었다.

한 문장당 100번.

머리가 아닌 손이 기억하게 만들었다.

다시 교탁으로 돌아간 엠마 테일러가 말했다.

"결국 네가 쿠에시를 가르쳤다는 말이구나. 이건 상을 줘야 할 일인데?"

"그 상, 여기 있는 아이들에게도 이 좋은 방법을 가르치는 걸로 대신해도 될까요?"

우민이 씨익 웃으며 교실의 아이들 한 명, 한 명과 눈을 맞추었다. 특히 웃으며 소곤거리는 아이들을 힘주어 바라보았다.

"미스 테일러만 괜찮다면, 제가 한번 이 친구들의 못된 습관을 바꿔보겠습니다."

꿀꺽.

우민의 시선에 쿠에시 아난을 놀리던 아이들이 마른침을

삼켰다.

엠마 테일러도 찬성했다.

"호호, 만약 '빽빽이'라는 것이 단지 장난치기 위해 만들어낸 것이라면 단단히 혼날 각오하는 게 좋을 거야."

'빽빽이'에 대해 한국인이라면 누구나 알고 있다. 우민은 당당히 대답했다.

"네."

"좋아. 그럼 먼저 '빽빽이'라는 것으로 카타리나의 나쁜 버릇도 한번 고쳐보겠어? 만약 정말 효용이 있다면 다른 아이들에게도 시키는 것으로 하지. 뿐만 아니라 효과적인 교수법을 알려준 대가로 Extra Credit 3점을 부여하겠어."

중간에 끼인 카타리나 켈리가 두 눈을 동그랗게 떴다. 괜히 고래 싸움에 끼인 것 같은 기분이었다.

"좋습니다. 그런데 한 가지 약속받아야 할 게 있어요. 카타리나가 저의 지시를 무조건 따라야 합니다. 그리고 '꼭' 다른 아이들도 제가 가르칠 수 있도록 해주십시오."

"OK. 기한은 이 주. 그럼 다시 수업을 진행해 볼까."

쿠에시 아난은 괜히 자신 때문에 귀찮은 일이 생긴 건 아닐까 하는 미안함에 울상이 되어 있었다.

"우, 우민 괘, 괜히 나, 나 때문에……."

"우린 친구잖아."

우민은 그 한마디로 대답을 대신했다.

*   *   *

몇 분 전 있었던 사건에 비하면 평이한 토론의 시간이 지나
갔다. 이제 투표를 통해 1등을 뽑을 시간이다.

엠마 테일러가 준비해 온 투표함에 아이들이 종이를 넣었
고, 이내 한 장씩 뽑으며 이름을 호명했다.

"쿠에시 아난."

쿠에시 아난이 놀란 듯 우민을 바라보았다.

"카타리나 켈리."

"에헴."

카타리나 켈리가 팔짱을 끼며 거드름을 피웠다.

"우민."

"우민."

연속해서 우민의 이름이 나오자 엠마 테일러가 다시 눈을
찡긋했다.

'날 괴롭히는 건지, 잘해주려는 건지.'

우민은 감이 잘 오질 않았다. 어른들의 눈치를 살피는 데
도가 텄다고 생각했지만 어쩌면 자만이었다는 것을 인정했다.

도대체 엠마 테일러의 속내를 알 수가 없었다.

"쿠에시 아난."

쿠에시 아난의 표가 몇 표 더 나왔다. 하지만 우민을 이기지는 못했다.

오늘 할당된 1점짜리 Extra Credit의 주인공은 우민이었다.

＊　　　　　＊　　　　　＊

연속으로 이어진 수업이 끝나고, 우민은 점심을 먹기 위해 식당을 찾았다.

저 멀리서 카타리나 켈리가 손을 흔들었다. 엠마 테일러와의 수업에서 있었던 과제를 하기 위해 점심시간에 만나기로 한 약속 덕분이었다.

"여기야! 여기!"

볼에 다닥다닥 붙어 있는 주근깨가 인상적이었다. 우민도 마주 손을 흔들어주었다.

점심시간이 한 시간밖에 되지 않기에 빠르게 빵과 샐러드 등을 담아 카타리나 켈리가 있는 곳으로 걸어갔다.

처음 봤던 이미지대로 성격이 급했다. 식판을 내려놓기도 전에 손을 내밀며 인사했다.

"정식으로 인사할게, 카타리나 켈리야. 앞으로 '타냐'라고 부르면 돼."

우민이 식판을 내려놓고 손을 맞잡았다.

"우민."

"쿠에시, 반가워. 타냐라고 불러줘."

쿠에시 아난이 살짝 얼굴을 붉히며 손을 잡았다. 인사가 끝나고 우민이 허기진 배를 채우기 위해 샐러드를 집어 드는 순간 타냐의 폭격이 시작되었다.

"빽빽이? 그건 어떻게 하면 될까? 아차차! 먼저 내가 가진 잘못된 점부터 알아야 하지. 그게 뭐지? 나는 정말 모르겠단 말이야. 너는 아는 눈치였는데. 말해줄 수 있어? 아! 어차피 나쁜 버릇을 고치기 위해서는 말해줘야 하는구나. 말해봐, 어서. 응? 어? 제발~"

마치 하늘에서 융단폭격이 내려치는 것 같았다. 그렇지 않아도 학생들로 시끄러운 식당이다.

카타리나 켈리로 인해 우민은 샐러드 한 점 입에 넣지 못하고, 눈을 깜박이며 고개를 흔들었다.

"일단, 이것 좀 먹고 말해주면 안 될까?"

"아차차! 그래. 배고프지? 먹자. 트렐로는 예로부터 급식이 환상적인 걸로 유명해. 최상급의 식재료에 호텔 쉐프급들의 조리사들이 상시 대기하고 있지."

카타리나 켈리, 즉 타냐는 묻지도 않은 말을 줄줄이 읊어댔다. 본인이 가진 습관인 듯 말을 멈출 기색이 보이지 않았다.

우민은 밥을 먹는 내내 미간을 찌푸린 채 몇 번이고 자리에서 일어나고 싶은 마음을 참아야 했다.

식사가 어느 정도 마무리되고 우민이 말했다.
"타냐, 모르는 거야. 아니면 일부러 모른 척하는 거야?"
"……"
일순 카타리나 켈리가 대답하지 못했다. 점심시간이 시작되고 나서 처음으로 입을 열지 않은 순간이었다.
"불필요한 수식어가 남발되면 '글'은 그저 작가가 싸질러 놓은 '배설물'에 불과하다는 사실, 알고는 있지?"
"어쩜, 너는 미스 테일러와 같은 소리를 내게 하는구나."
"문제를 알고 있으니 해결은 간단해."
"빽빽이 말이지?"
우민이 검지를 내밀어 카타리나 켈리의 입을 막았다.
"조용, 너는 한 가지가 더 필요해."
입이 막힌 와중에도 카타리나 켈리는 말하기 위해 애썼다.
"읍. 으… 읍."
"앞으로 매일 수업이 끝난 후에 나에게 와서 5시간씩 단문체의 대가인 헤밍웨이의 노인과 바다를 필사하도록 해. 필사를 하는 시간에는 이 '입'을 닫고서 해야 해."
말을 마친 우민이 검지를 뗐다.

"푸하, 뭐? 입은 왜. 내 유일한 즐거움이란 말이야."

"그 입도 너의 손을 망치는 원인이니까."

"히잉."

카타리나 켈리가 울상을 짓자 옆에 있던 쿠에시 아난이 위로 했다.

"타, 타냐. 거, 걱정하지 마. 우, 우민 말대로 하면 금방 조, 좋아질 거야. 나, 나도 도, 도와줄게."

"그런 문제가 아니잖아!"

타냐가 '픽' 고개를 돌리며 토라졌다. 우민은 타냐의 눈앞에서 검지를 흔들며 굳은 표정을 지어 보였다.

결국 카타리나 켈리가 긴 한숨을 내쉬며 고개를 끄덕였다.

*　　　　　*　　　　　*

하루 일과가 완전히 끝이 나고 저녁까지 두둑이 챙겨 먹은 우민이 책상 앞에 앉았다.

우민의 옆에는 초조한 기색의 쿠에시가 눈짓으로 재촉했다.

어, 어서, 어서 올려!

말로 하지는 않았지만 눈빛에서부터 느껴졌다. 기대, 초조, 불안이 뒤섞여 있었다.

"그럼 올린다."

먼저 새 글 게시하기를 클릭했다. 제목을 입력하고, 본문의 내용을 붙여 넣기 했다.

글이 올라갈 분류까지 선택하고 나자, 끝.

7,000자 분량의 '아프리카 아이들' 1편이 1초도 되지 않아 업로드되었다.

"업로드했다."

우민의 말이 끝나기도 전에 쿠에시 아난이 잽싸게 자신의 컴퓨터 앞에 앉았다.

그러고는 제목을 치고 검색해 보았다.

―The lives of African children.

―The suffering of African children.

등등 자신이 쓴 소설은 보이지 않고, 다른 내용의 글들이 검색되었다.

그렇게 몇 개의 글을 지나치고 나서야 방금 전 우민이 올린 글이 보였다.

(0)Children of Africa.

comments.

(0)은 조회수가 영이라는 뜻. comments 앞에 아무런 숫자가 없다는 것은 댓글이 하나도 없다는 뜻이었다.

쿠에시 아난이 글을 클릭하고 들어가자 조회수가 1로 올라갔다.

마우스를 움직여 다시 바깥으로 나가자 조회수가 2로 올라가 있었다.

"우, 우민 누, 누가 글을 봤나 봐! 조, 조회수가 올라가 있어."

겨우 조회수 1이 올라간 것에 감격한 쿠에시는 약간 울먹이기까지 했다.

우민이 그런 쿠에시의 감상에 찬물을 퍼부었다.

"그거 내가 들어가서 올라간 거야."

"……"

우민이 마우스를 클릭하여 게시 글에 들어갔다가 나왔다. 정말 우민의 말대로 조회수는 2에서 멈춰 있었다.

"이제 시작이니까."

달깍.

그 순간에도 게시 글을 살피던 쿠에시 아난이 떨리는 목소리로 말했다.

"대, 댓글 달렸다!"

우민도 인터넷에 글을 올려본 건 처음이라 떨리는 마음으로 들어가 보았다.

—TL;DR(Too Long; Didn't Read)

너무 길어 읽지 않았다는 뜻이다.

어감에 따라 굳이 번역하면 '좋은 글인 것 같네요. 물론 읽지는 않았습니다.'

큭.

웃음이 새어 나왔다. 하지만 조바심 내지 않았다. 어차피 이건 잘될 수밖에 없다. 약간의 시간이 필요할 뿐이다.

*　　　*　　　*

미국 실리콘밸리에서 소프트웨어 엔지니어로 일하고 있는 제이슨 스미스는 대부분의 자투리 시간을 스마트폰을 보는데 할애한다.

각종 SNS를 순회하고, 마지막 종착지는 레딧이다.

그가 레딧을 이용하는 방법은 간단했다.

먼저 인기 게시물들을 쭉 훑어본다. 그다음 자신이 구독하고 있는 게시판들에 올라와 있는 최신 글들을 살펴본다.

구독 중인 Novels 카테고리를 클릭한 그는 올라와 있는 최신 글을 클릭해 보았다.

"Children of Africa?"

평소 제3세계에 관심이 많았던 그는 제목부터 약간 흥미가 동했다.

글을 클릭하고 들어가자 인터넷에서는 보기 힘든 상당한 장문의 글이었다.

분명 스크롤을 꽤 내려야 하는 글이었다. 그는 첫 문장을 읽었다.

작열하는 태양이 오늘도 어머니의 등을 새까맣게 불태웠다.

"흐음……."

스크롤을 조금씩 밑으로 내려보았다.

'꿀꺽' 마른침을 삼켰다. 글을 읽어 내려갈수록 타는 듯한 갈증이 생겨났다.

누군가 최면이라도 건 것처럼 5.7인치 스마트폰 화면에서 눈을 떼지 못했다.

허겁지겁 글을 읽어 내려갔다.

"어… 벌써 끝이야?"

마치 타임워프를 한 것 같은 느낌이었다. Next 버튼을 클릭하자 다른 글이 나타났다.

a long stretch of time.

제이슨 스미스는 앞에 놓인 차가운 아이스 아메리카노를 벌컥벌컥 들이켰다.

그래도 갈증이 사라지질 않았다.

"다음 글이, 없나……."

총 올라와 있는 글은 3편. 다음 글을 읽지 못한다는 아쉬움에 다시 첫 번째 편부터 읽어보았다.

앉은 자리에서 똑같은 글을 두 번 읽는데도 지루하지가 않았다.

"이런 건 공유, 후원감이지."

제이슨 스미스는 한 편에 1달러씩을 후원하고, 자신의 개발자 친구들에게 'Children of Africa'를 공유했다.

그것도 모자라, 각 편마다 돌아다니며 댓글을 달았다. 후원을 한 덕분인지 댓글 앞에 글쓴이가 볼 수 있도록 Sponsored 표식이 붙었다.

뿌듯했다.

―OMG(Oh My God) really enjoyed it.

댓글을 남기고 글쓴이에게 도움이 되도록 광고도 클릭했다.

"인기 게시물은 글쓴이에게 돌아가는 광고 수입도 상당하니까. 광고도 클릭."

그러고도 쉽사리 게시판을 벗어나지 못하고 혹시 새로운 글이 올라오지는 않을까, 몇 번을 새로 고침 했는지 모른다.

하지만 새 글은 올라오지 않았다.

*   *   *

우민이 집게손가락으로 입을 가리키며 말했다.

"조용."

고개를 들고 뭐라 말을 하려던 카타리나 켈리가 뾰족 튀어나온 입을 다물고 다시 글쓰기에 열중했다.

벌써 2시간째 한자리에 앉아 '노인과 바다'를 필사하는 중이었다.

지겨움에 온몸이 근질거렸지만 엠마 테일러를 등에 업은 우민의 말을 거역할 수는 없었다.

우민의 옆에서 한창 키보드를 두드리던 쿠에시 아난이 소곤거렸다.

"우민, 다 썼어."

아프리카 아이들은 철저히 둘의 협업으로 진행되었다. 전체적인 이야기의 구성은 우민이 짜고, 세부 내용은 함께 구성해 나간다.

"그럼 퇴고를 해볼까."

이야기가 완성되면 함께 퇴고를 진행한다. 우민이 쓴 편도, 쿠에시가 작성한 편도 같이 퇴고를 진행해 나가면서 글의 완성도를 높이는 것이다.

함께 앉아 있던 카타리나 켈리가 궁금함을 참지 못하고 또 입을 열려 했다.

"너희 둘이 도대체 뭐 하는 거야. 둘이 게이라는……."

우민이 다시 집게손가락으로 카타리나 켈리의 입을 막았다.

"조용. 그런 헛소문에 귀 기울일 시간에 한 자라도 더 적도록 해."

"우이씨."

카타리나 켈리는 불평불만을 쏟아내면서도 손을 멈추지 않았다.

처음 필사를 했을 때는 이게 뭐 하는 짓인가 싶었다. 영재로 자라온 14년 평생, 이런 식의 교육은 받아본 적이 없었다.

하지만 변해 버린 쿠에시의 문체가 계속 눈에 걸렸다. 미스 테일러라면 미국 전체에서 가장 우수하다는 상까지 받은 교사. 그런 교사가 시킨 것이니 뭔가 이유가 있을 것이라 생각했다.

빨리 끝내 버리자는 생각에 무작정 적어나갔다.

그런데 눈치 빠른 동양인 친구가 어떻게 알고는 물어왔다.

"'팔십오는 행운의 숫자야!', 왜 이렇게 적었을까?"

"'희망을 버리지 말아라'. 너라면 어떻게 썼을까?"

"'죽을 때까지 싸우는 거야'. 내가 봤을 때 '너는 아마 화려한 죽음을 위해서는 처절한 싸움을 해야 해', 뭐 이렇게 썼을 것 같은데?"

그 뒤로는 한 문장을 필사하면서 최소한 음미하는 시간을 가져야 했다.

왜 저렇게 적었을까, 나라면 어떻게 썼을까. 더 나은 문장을 없었을까 등등 생각이 꼬리를 물고 이어져 그 끝에 도달했다고 생각했을 때, 다시 한번 더 똑같은 문장을 옮겨 적어야 했다.

넉넉히 삼 일 정도면 필사가 끝날 거라 생각했다.

하지만 이런 식이라면… 193페이지 분량의 책 필사가 언제

끝날지 장담할 수가 없었다.

그래도 멈출 수는 없었다.

표도르 도스토예프스키.

카라마조프가의 형제들, 죄와 벌 등을 쓴 러시아의 대문호로 역사상 인류 최고의 지성인.

우민이 그를 들먹이며 동기부여를 했기 때문이다.

"이걸 필사하는 이유가 단순히 헤밍웨이의 간결한 문체를 따라 하려고 하는 거라면 오산이야."

"……."

"화려하고 장황한 수식어를 무조건 빼라는 게 아니야. 너처럼 필요하지도 않은 단어를 줄줄이 나열하지 말라는 뜻이지."

미스 테일러에게도 비슷한 말을 들은 적이 있다. 하지만 또래 나이의 우민에게 듣는 느낌은 또 달랐다.

"뷔페 알지? 음식 종류는 많지만 막상 가보면 먹을 게 없어. 타냐, 너의 글이 딱 그래."

"아, 아니거든. 내가 얼마나 한 문장, 한 문장 심혈을 기울여 쓰는지 네가 몰라서 그래. 단어 하나를 선택할 때도……."

우민은 카타리나 켈리의 푸념을 끝까지 듣지 않고 중간에 잘랐다.

"표도르 도스토예프스키. 그도 너와 비슷한 만연체의 문체를 가졌지만 대문호가 되었지. 장황함. 그게 너를 나타내는 스타일이 될 수도 있어. 하지만 짧게 쓰는 법을 알지 못한다면 절대 그처럼 될 수 없을 거야."

속이 꽉 찬 100마일의 직구가 카타리나 켈리의 가슴을 뚫고 지나갔다.

그때부터 카타리나 켈리는 필사를 허투루 하지 않았다.

우민의 말을 가볍게 여기지 않았다.

오히려 한마디, 한마디 새겨들으려고 노력했다.

"타냐, 야. 야!"

"으, 으음."

"그만 졸고 일어나. 기숙사로 돌아갈 시간이야."

카타리나 켈리는 필사를 하다가 자신도 모르게 잠이 들었다. 한 자 한 자, 가슴에 새기며 글을 쓰는 건 말처럼 쉬운 일이 아니었다.

"아… 몰라. 잘 거야……."

반쯤 떴던 눈을 다시 감으려는 카타리나 켈리를 우민은 사정없이 흔들어 깨웠다.

"잠은 집에 가서 자고, 도서관이 네 집이냐?"

"너어… 우이씨, 레이디 퍼스트 몰라?"

이럴 때마다 그냥 때려치우고 싶은 생각이 든 적이 한두 번이 아니었다. 마치 자신을 남자 사람 친구 대하듯이 했다.

"Gender equality는 아는데?"

살살 신경을 건드리는 깐죽거림에 선잠이 확 달아났다. 옆에 있던 쿠에시 아난이 달래듯 말했다.

"우, 우민. 그, 그만해. 타, 타냐에게 너무 그, 그러지 마."

"쿠에시… 휴, 알았다. 네가 그러면 그런 거지."

지켜보던 카타리나 켈리가 끼어들었다.

"봐, 봐. 또, 또 나한테는 그렇게 '틱틱'대면서 쿠시에게는 친절하잖아."

쿠시.

카타리나 켈리가 만들어낸 쿠에시 아난의 애칭이었다.

"쿠시쿠시! 엄청 배려하고, 말도 다 들어주고, 하나하나 자세히 알려주면서 나한테는 '톡' 쏘는 저 말투. 나도 흥! 이거든."

'쿠시쿠시'라는 말에 쿠에시 아난의 볼이 발갛게 물들었다. 그 모습을 지켜보던 우민이 '후' 하고 짧게 한숨을 내쉬었다.

"부끄러우니까 도서관에서 그만 시끄럽게 떠들고, 어서 나가자."

우민이 재촉하며 자리에서 일어났다. 쿠에시 아난도 서둘러 노트북을 챙겼다.

"가, 같이 가!"

후릅.

입가 옆으로 흘러내린 침을 잽싸게 훔친 카타리나 켈리도 둘을 따라나섰다.

*   *   *

도서관을 나오자마자 뒤쪽에서 비아냥거림이 들려왔다.

"일요일도 아닌데 도서관에 오다니, 해가 서쪽에서 뜨겠어."

다른 한 명은 두 손으로 눈을 찢으며 맞장구를 쳤다.

"이렇게?"

쭉 찢어진 눈을 표현하는 건 동양인을 비하하는 행동. 이번에는 우민을 향한 놀림이었다.

함께 있던 카타리나 켈리가 슬쩍 우민의 옷깃을 잡고는 고개를 두어 번 저었다.

상대하지 말라는 뜻이다.

"자칭 명문 사립학교도 저런 놈들 설치는 것까지 막을 수 없나 보군."

"……."

카타리나 켈리는 침묵으로 답을 대신했다. 은밀하고 조용하게 행해지는 학생들의 유치한 장난까지 막을 수는 없었다.

24시간 쫓아다니면서 감시할 수도 없는 노릇.

증거가 없기 때문이기도 했다.

그런 우민의 눈에 도서관 입구에 붙어 있는 대자보가 보였다.

"학생회장 선거?"

트렐로 스쿨 학생회장 선거 공고.

아래와 같이 학생회장 선거 일정을 알립니다.

학생회장 선거.

개학을 하고 한 달 후쯤인 10월 중순부터 치러지는 학생회장 선거는 꽤나 경쟁률이 치열한 행사였다.

한국과 달리 미국의 학생회장은 학내에서 사용되는 예산 건의에서부터, 학교생활에 발생하는 다양한 행사들을 적극적으로 진행, 개최할 수 있다.

물론 최종 결정 권한은 교장 선생님이 가지고 있지만 한국과는 달리 학생회의 건의가 합당하다면 통과되는 분위기다.

뿐만 아니라 교내 학생회장으로 활동한 경력은 대학 입시에서 중요하게 작용한다.

학내에서 활동하며 쌓는 다양한 경험을 대학에서도 인정해주는 것이다.

힘, 그리고 그에 따른 보상이 있는 자리였기에 아무나 할 수 있는 것이 아니었다.

카타리나 켈리가 우민을 타이르듯 말했다.

"왜 나가보려고? 너 같은 동양인이 선출될 수 있는 자리가 아냐."

"왜?"

"알잖아. 입학 때부터 줄곧 학생회장을 도맡아 해온 대니얼 밀러. 학내에서 인기도 최고야."

"인기 끄는 거야 내 전문인걸?"

"하아, 얘가 뭘 모르네. 그것뿐만이 아니라 일단 최하 스무 장의 학생 추천서와 두 명의 선생님 추천이 필요해."

"이미 알고 있어."

우민은 입학 전 교부받았던 Student Code of Conduct(학생행동강령)에 있던 내용을 기억했다.

벌점 부과 방식에서부터 학생회의 구성 방법까지 학교생활에 필요한 대부분의 정보가 마치 법조문처럼 적혀 있었다.

카타리나 켈리는 어이가 없어 하며 말했다.

"알고 있으면서도 한다고? 20명 추천은 어떻게 받을 건데? 또 2명의 선생님 추천은?"

어린 시절 TV에서 보았던 전쟁 영화의 기관총 소리가 귀에서 울리는 것 같았다.

"귀 아파, 조용히 좀 말해."

뒤로 갈수록 커진 카타리나 켈리의 목소리는 절정을 향해 갔다.

"너 학생회장인 대니얼 밀러 선배가 정확히 어떤 사람인지는 알고 있어? 아버지가 공화당 4선 중진 의원이야. 그 선배도 지금 최연소 미국 국회의원이 될지도 모른다는 평가를 받고 있는 사람이라고!"

자신의 말이 통하지 않는다고 생각했는지 카타리나 켈리가 쿠에시 아난을 불렀다.

"쿠시! 이 녀석 좀 말려 봐."

듣고 있던 쿠에시 아난이 조심스럽게 말을 꺼냈다.

"나, 나, 때문이라면. 그, 그러지 아, 않아도 돼. 미, 미안해. 괘, 괜히 나, 때문에."

쿠에시 아난이 미안해하며 숫제 눈물을 글썽였다. 카타리나 켈리가 답답하다는 듯 소리쳤다.

"쿠시! 여기서 울면 어떻게 해!"

며칠 동안 우민과 함께 생활하며 알게 된 점이 하나 있다. 쿠에시 아난이 힘들어할수록, 그에게 유, 무형적인 위해가 가해질수록 우민은 더욱 분노하며 대립각을 세운다.

마치 고슴도치가 자신의 자식을 지키기 위해 털을 바짝 세우는 모습 같았다.

우민이 다정다감한 목소리로 말했다.

"쿠에시, 걱정하지 마. 너 때문이 아니야. 그리고 너희들 뭔가 크게 착각하고 있구나. 학생회장에 나가는 건 내가 아니야."

"으, 으응?"

"쿠시쿠시! 네가 나가야지. 왜 내가 나가겠어. 학생회장에 당선되서 널 놀리는 아이들의 콧대를 납작하게 눌러줘야지!"

카타리나 켈리도 쿠에시 아난도 어이가 없다는 듯 우민을 바라보았다.

제4장

뉴욕 타임스 베스트셀러

LA 출판사.

가브리엘 클락은 초조한 기색으로 레닷 사이트를 들락날락거렸다.

"공지에는 11시에 올린다고 하더니 왜 안 올라오는 거야."

그가 이렇게 된 것은 모두 친한 친구인 제이슨 스미스가 어느 날 보내온 링크 때문이었다.

링크는 레닷 사이트에 올라온 아프리카 아이들이라는 글의 주소였다.

그걸 본 뒤로 가브리엘 클락은 밤 11시만 되면 경건한 마음으로 스마트폰을 연신 클릭해 댔다.

순간 New 표시와 함께 새 글이 올라왔다.

"떴다!"

애타게 기다려서일까. 가브리엘 클락은 아껴가며 글을 읽어 나갔다. 어린 시절 읽었던 반지의 제왕 이후로 글을 읽는 것이 아깝다는 생각이 든 것은 처음이었다.

끝까지 읽은 가브리엘 클락은 여운이 남는지 소설 속 주인공의 이름 읊조렸다

"하미드……."

현실감이 상당했다. 글을 읽어 내려가고 있으면 마치 태양빛 작렬하는 아프리카의 한복판에 서 있는 것만 같았다.

몰입감은 또 어떤가.

마우스 스크롤이 언제 이렇게 바닥에 닿았는지 기억조차 나지 않을 정도로 푹 빠져 버렸다. 자신이 소설 속의 주인공이 되어 울고, 웃고 있었다.

"이제 반 권 정도 진행된 것 같은데."

출판사 직원의 감으로 봤을 때 이건 장편으로 기획된 소설이다.

"아동용 도서로도 손색없다는 게 장점이란 말이야."

장편에 독자층도 넓다. 팔릴 만한 책이라는 '촉'이 끊임없이 신호를 보내왔다.

놓치면 안 될 것 같았다.

"편집장님께 말씀을 드려볼까……."

블로그에서 시작해 책, 그리고 영화로까지 제작된 '마션'의 대성공 이후로 취미 삼아 인터넷에 올린 글이 소설로 출간되고, 영화화되는 것이 이제는 일상적인 일이 되었다.

출판사 내에는 인터넷을 돌아다니며 이런 주옥같은 글을 찾는 담당 직원을 따로 둘 정도였다.

"일단 크리스에게 말해봐야겠어."

크리스 콕스.

그가 LA 출판사의 인터넷 서치 담당 직원이었다.

*   *   *

코트 위로 뜨거운 땀방울이 수도 없이 흩날렸다. 건장한 청년들이 농구 코트를 누볐다.

골 밑. 센터 포지션의 아이가 소리쳤다.

"패스!"

3점 라인 부근에서 공을 들고 있던 가드가 재빨리 공을 던졌다.

휙.

철썩.

42 : 44던 점수가 44 : 44 동점이 되었다.

와아아!

벤치에 앉아 있던 아이들이 함성을 질렀다.

"센터, 멋있다!"

"니콜라스 최고!"

"역전하자!"

응원하는 소리가 여기저기서 흘러나왔다. 농구부 치어리더 중 한 명인 캐서린도 센터인 니콜라스에게서 눈을 떼지 못했다.

우민은 관중석에서 카타리나 켈리와 조용히 소곤거렸다.

"그러니까, 저기 니콜라스가 캐서린을 좋아하고 있다는 말이지?"

"캐서린도 싫지는 않아 하는 것 같다는 게 아이들 사이에 퍼져 있는 소문이야."

우민이 흡족한 미소를 지으며 답했다.

"좋아. 잘했어."

카타리나 켈리가 궁금하다는 듯 물었다.

"도대체 서로 호감을 가지고 있는 애들은 왜 찾아달라고 한 거야?"

옆에 있던 쿠에시 아난도 궁금한 건 마찬가지였다.

"왜, 왜 그런 거야?"

"공부를 잘하는 아이들도 한창 혈기 왕성한 청소년기야."

"그래서 그게 뭐."

우민이 알파벳 하나씩 끊으며 말했다.

"L. O. V. E. 사랑이 하고 싶을 나이라는 뜻이지."

사랑이라는 단어 때문인지 카타리나 켈리와 쿠에시 아난의 볼이 동시에 달아올랐다.

우민이 멈추지 않고 말했다.

"like에서 love로, I love trello!"

like와 love는 완전히 다른 뜻이다. 카타리나 켈리가 그 점을 지적했다.

"너 love가 뭔지 알기는 하고 하는 소리야? 진지한 관계라는 말이야. 미래를 계획하는 사이라는 뜻이라고."

우민이 집게손가락으로 카타리나 켈리의 입술을 막았다.

"명색이 베스트셀러 작가가 그런 것도 모를까."

카타리나 켈리가 우민의 손가락을 떼어내며 말했다.

"풉, 푸읍! 자꾸 숙녀 입술에 손가락 댈래!"

"조용. 저기 등 번호 5번 보이지? 저 선수랑 왼편에 금발의 치어리더 이름 알아봐. 그리고 저기 벤치에 고개 수그리고 앉아 있는 학생이랑 맞은편 관중석에 단발머리 여자애도."

우민은 한동안 농구 코트를 떠나지 않고 학생들을 살폈다.

삐이이익!

경기 종료 휘슬이 불리고서야 자리에서 일어났다.

"자, 이번에는 야구부로 가볼까?"

카타리나 켈리가 어이가 없다는 듯 중얼거렸다.

"넌 정말 무슨 생각을 하는지 모르겠다."

"L. O. V. E."

장난스레 하는 말에 카타리나 켈리가 포기했다는 듯 고개를 저었다.

*   *   *

밤 11시.

야구부 순회를 마치고 기숙사로 돌아온 우민은 또 한 편의 글을 올렸다.

레닷에 올라간 글도 벌써 20편.

후원받은 금액도 거의 천 달러에 육박했다.

"쿠시, 봐봐. 올린 글이 꽤나 인기를 끌고 있어. 후원금도 벌써 천 달러가 넘었네."

쿠에시 아난은 고개를 푹 숙이고 생각에 잠겨 있었다. 우민은 직감적으로 쿠에시 아난이 하고 있는 고민을 알 수 있었다.

"왜, 걱정돼서 그래?"

고개를 숙인 채 쿠에시 아난이 진지하게 물어왔다.

"우, 우민. 내가 저, 정말 학생회장을 하, 할 수 있을까?"

우민은 쿠에시 아난의 어깨를 짚고 고개를 들게 만들었다. 눈동자는 초점을 잃고 흔들리고 있었다.

"쿠시, 바로 얼마 전 생각나? 네가 나한테 물었지. '우민, 정말 일주일 안에 글을 써서 올릴 수 있을까?' 그래서 결과는 어떻게 됐지?"

"……."

쿠에시가 아무 말 하지 않고 조용해졌다.

"벌써 후원금도 천 달러가 넘게 모일 만큼 사람들의 관심을 받고 있어."

"그, 그건 그, 그렇지만. 내, 내가 어떻게, 하, 학생회장을 이, 이렇게 마, 말도 제, 제대로 모, 못하는걸."

"하하, 말? 누가 그래, 네가 말을 못한다고. 내가 볼 때 너는 누구보다 논리정연하게 자신의 의견을 표현하는 사람이야."

"그, 그럴 리가."

쿠에시 아난이 자신 없어 하며 다시 고개를 숙이려 했다. 우민은 고개를 숙이지 못하도록 두 손으로 아예 머리를 붙잡았다.

그리고 두 눈을 마주쳤다.

흔들리는 눈동자가 진정될 때까지 기다린 후 말했다.

"쿠시, 너는 단지 말을 전달하는 방법이 미숙할 뿐이야. 그 안에 담긴 내용은 누구보다 빛나고 있어."

쿠에시가 말할 기회를 주지 않고, 우민이 빠르게 말했다.

"쿠시, 날 봐."

허공에서 두 눈이 부딪쳤다.

"너는 이곳 명문 사립학교를 특별 전형으로 입학한 천재야. 좀 더 스스로에게 자신감을 가져도 돼."

말을 마친 우민이 이번에는 노트북 화면을 가리켰다. 그곳에는 레딧 계정으로 도착한 쪽지가 쌓여 있었다.

팬이 되었다는 사용자들에서부터 격려의 메시지까지. 그곳에 유독 눈에 밟히는 인사말 하나가 보였다.

—LA 출판사입니다.

"추, 추, 출판사?"

"그래, 우리가 쓴 글을 보고 출판사에서 온 연락이야. 네가 가진 능력이 어느 정도인지 알겠지? 학생회장? 지금은 비록 네가 출마 신청을 해야 하지만 아마 몇 년 뒤에는 아이들이 널 쫓아다니며 제발 학생회장이 되어달라고 부탁할걸?"

쿠에시 아난은 못 믿는 눈치였다. 하지만 아주 약간은 자신감이 생긴 듯 축 처진 두 어깨에 힘이 들어가고 있었다.

쿠에시 아난이 우민이 만든 구호를 외쳤다.

"I, I, I Love Trello!"

우민이 쿠에시 아난의 애칭을 연호했다.

"쿠시쿠시!"

I Love Trello, 쿠시쿠시!

둘은 마치 지금 학생회장에 당선이라도 된 것처럼 기숙사 방을 돌아다니며 소리쳤다.

흥에 취해서일까.

표어가 짧아서일까.

쿠에시 아난은 자신도 모르게 더듬는 증상 없이 두 문장을 따라하고 있었다.

*   *   *

사위가 어두컴컴한 밤.

관중석 구석진 곳에 치어리더로 활동 중인 캐서린이 앉아 있었다.

"에휴, 괜히 나왔나. 이게 뭐 하는 거람."

몇 번을 일어났다가 앉기를 반복했는지 모른다. 그렇게 후회와 갈등 속에서도 결국 남아 있는 걸 택했다.

품속에 간직하고 있는 연애편지 때문이었다.

캐서린, 널 좋아해.

편지를 읽는 순간 살짝 들뜬 기분이 일었다.

스마트폰으로 인해 편리해진 세상에서 편지는 찾아보기 힘든 유물이 되어 있었다.

왠지 더 로맨틱하게 느껴졌다.

너는 치어리더로, 나는 농구부 부원으로 처음 만났을 때부터 두근거렸어.

편지는 첫 만남의 순간부터 서술되어 있었다. 자신과의 만남을 하나하나 소중히 기억해 주었다는 점이 캐서린으로 하여금 오늘의 약속을 거부할 수 없게 만들었다.

네 앞에 서기만 하면…….

혹시 공부만 하는 샌님같이 보이지는 않을까?

혹시 거친 행동만 일삼는 파렴치한으로 보이지는 않을까?

수도 없이 고민했어.

한 문장 한 문장에서 진심이 느껴졌다. 자신을 생각하는 마음이 고스란히 느껴져서일까. 편지를 읽는 순간 호감은 확신으로 바뀌었다.

"캐, 캐서린."

등 뒤에서 들리는 소리에 캐서린이 고개를 돌렸다. 그곳에 쑥스러운 듯 머리를 긁적이는 큰 키의 니콜라스가 서 있었다.

자신이 경험한 다른 아이들과는 달랐다.

Like가 시작이었고, 거기에서 끝나는 경우가 많았다.

이번에는 시작부터가 Love였다.

어떻게 이럴 수가 있지?

잘 이해가 가지 않았지만 굳이 고민하지 않았다. 그저 지금 이 순간 느끼고 있는 감정에 충실하면 되겠지.

"You too."

캐서린의 대답에 니콜라스가 거침없이 다가왔다.

이내 이루어진 '혀'들의 대화에 달빛도 잠시 모습을 감추었다.

*   *   *

점심시간.

피켓을 들고 서 있던 카타리나 켈리가 이상하다는 듯 중얼거렸다.

"이상해, 아무리 봐도. 이상해."

옆에서 함께 전단지를 돌리던 우민이 물었다.

"뭐가."

"학교에 갑자기 이렇게 커플이 많아질 수가 있나?"

식당에 밥을 먹으러 가는 남녀 학생들의 눈에서 줄줄 꿀이 흘러내리고 있었다.

"I Love Trello! 덕분 아니겠어?"

"이게 정말 다, 우민 네 덕분이란 말이야?"

카타리나 켈리는 믿기지 않는지 몇 번이고 묻고 또 물었다. 그때마다 우민의 대답은 같았다.

"어."

"너… 정말……."

우민이 카타리나 켈리의 옆구리를 툭 치며 말했다.

I Love Trello! 쿠시쿠시! 에게 한 표를 행사해 주세요!

"야, 굶고 수업 들어갈 거야? 빨리 전단지 나눠주고, 홍보해도 모자랄 판에 자꾸 딴생각을 하면 어쩌자는 거야."

우민의 핀잔에도 카타리나 켈리는 굴하지 않았다. 연신 혼 잣말을 중얼거리며 변화된 교정의 분위기를 믿지 못했다.

함께 있던 쿠에시 아난은 정말 정치인이라도 된 것처럼 밥을 먹으러 오는 학생들에게 먼저 손을 내미는 중이었다.

"쿠에시 아난입니다. 사, 사랑이 꽃피는 학교를 만들겠습니다. 가, 가장 강한 것은 사랑입니다. 학교를 사랑하고, 선생님을 사랑하고, 친구를 사랑하고 그, 그런 하, 학교를 제가 만들겠습니다."

자신감 때문인지 말 더듬는 증상도 꽤나 호전되어 있었다. 쿠에시 아난은 뒤에서 자신을 비난하는 아이들에게도 먼저 다가가 손을 내밀었다.

"오, 오늘은 일요일이 아니라 월요일이야. 한 주의 시작이니까 히, 힘내자."

자신을 놀리는 말도 덤덤히 받아 넘겼다.

I Love Trello! 쿠시쿠시! 에게 한 표를 행사해 주세요!

우민도 질세라 피켓을 들고 선거 활동에 매진했다.

*　　　　*　　　　*

툭.

릴리 스위프트가 엠마 테일러의 어깨에 손을 얹었다.

"이런 게 바로 교장 선생의 용병술이라는 겁니다."

둘은 점심시간을 이용해 선거 활동을 하고 있는 쿠에시 아난을 보고 있었다.

확연하게 달라진 말더듬증에서부터 자신감 있어 보이는 표정까지. 모든 것이 보기 좋았다.

팔짱을 끼고 둘을 바라보던 엠마 테일러가 말했다.

"쿠시쿠시라니, 저런 단어는 또 어떻게 생각해 낸 건지."

"귀여운 어감이 느껴지는 걸로 봐서 타냐, 저 아이의 아이디어 아닐까? 우민은 그런 걸 생각할 아이로 보이지가 않는데."

쿠시쿠시!

쿠시쿠시에게 한 표를 부탁합니다. 학교는 사회의 복제판이 아닙니다. 지칠 때는 쉴 수 있게, 힘들 때는 기댈 수 있어야 합니다. 우리는 아직 아이들입니다! 우리의 권리를 찾읍시다!

쿠에시 아난의 변화도 놀랍지만 옆에서 도와주고 있는 우민도 놀랍기는 마찬가지였다.

호소력 짙은 목소리, 정확한 발음, 마음을 움직이는 내용까지 지나가다가도 멈춰 서서 듣게 만든다.

그저 줄줄이 읽어 내려가는 것이 아니라, 어디서 멈춰야 하는지, 어디서 강조를 해야 하는지 정확하게 알고 있기라도 하듯 어조를 능숙하게 조절했다.

듣고 있던 엠마 테일러가 릴리 스위프트에게 물었다.

"정말 미국에서 태어난 게 아니라 한국에서 태어나서 자라 온 거 맞죠?"

이곳에 온 지 한 달도 되지 않았다고 하기에는 발음이 너무 정확했다.

릴리 스위프트도 약간 놀란 듯 답했다.

"맞아. 엠마, 너도 알잖아. 어쩌면 우리가 저 아이를 과소평가하고 있었을지도 모르겠어."

쿠시쿠시! 에게 한 표를 부탁합니다!

마치 마법이라도 부린 것처럼 유독 우민의 음성이 귀로 들어와 머리를 거쳐 심장에 각인되었다.

맞은편에서는 대니얼의 선거 유세가 한창이었다.

Strong Trello!

Trello First!

미국 최고의 명문 사립학교로 만들겠습니다!

우민이 했던 것과는 정반대의 공약들과 표어였다.

"최고가 최고를 만들 수 있습니다!"

함께 선거를 치루는 운동원들도 유독 최고를 강조했다.

대니얼 밀러.

공화당 4선 의원인 아버지라는 배경에서부터 능력, 외모까지 모든 것이 최고인 남자.

그의 이런 장점들을 강조하는 전략이었다.

최고를 강조하는 말에 우민은 비아냥거리고 싶은 것을 겨우 참고 있는 중이었다.

최고?

다른 건 몰라도 글쓰기에서만큼은 아니다.

외모?

외모는… 비슷한 수준이라 인정.

우민이 속한 쪽도 이에 질세라 소리쳤다.

LOVE TRELLO.

LOVE TRELLO.

LOVE TRELLO.

사랑의 힘으로 섭외한 치어리더들이 합을 맞춰 소리치자 대니얼 밀러 쪽 소리는 순식간에 묻혀 버렸다.

"우민, 이제 수업 들어가야 할 시간이야."

열성적으로 선거 운동에 매진하다 보니, 어느새 점심시간이 끝나 있었다.

*　　　　*　　　　*

크리스는 직접 찾아오라는 답장에 몇 번을 갈까 말까 고민했다.

거리는 차로 2시간 정도로, 그리 멀지 않았다.

다만 나이가 마음에 걸렸다.

"트렐로 스쿨, 14살?"

Jake Marcionette이라는 어린 작가가 12살의 나이에 낸 Just Jake라는 책이 뉴욕 타임스 베스트셀러난에 올라갈 정도로 인기를 끌었다.

뉴욕 타임스 베스트셀러.

미국인들이 신뢰하는 지표들 중 하나다. 이곳에 올라가는 것 자체가 작가에게도 영광인 순위.

자신이 출판하려는 이 책도 그렇게 될까?

확신은 있지만 왠지 모를 불안감이 스멀스멀 피어올랐다. 신인 작가라는 점과 나이가 마음에 걸렸다.

하지만 High Risk, High Return이다.

더욱이 무명 작가라면 계약금을 거의 주지 않아도 계약할 수 있다.

손해 보는 장사는 아닐 것이다.

자동차에 앉은 크리스가 시동을 걸었다.

2시간 뒤인 오후 6시.

정확하게 약속 시간에 맞춰 트렐로 스쿨에 도착했다. 이미 학교 측에 얘기가 되어 있는지 이름과 신분을 말하자 학교의 한 공터로 안내해 주었다.

가는 길은 한적했다.

학생 수는 별로 없어 보였으나 학교 부지는 꽤나 넓었다. 학교 내에 띄엄띄엄 보이는 건물만 해도 대여섯 개는 되어 보였다.

그렇게 잠시 가다 보니 웅성거리는 소리가 들렸다.

훤칠한 키에, 눈에 익숙한 얼굴의 한 남자의 주변으로 교복을 입은 학생들이 몰려 있었다.

한 걸음 더 가까이 다가가자 누군지 알 수 있었다.

딘 브라운.

라파엘 코드, 찬사 속의 악마 등으로 전 세계를 호령했던 작가였다.

크리스는 자신이 잘못 본 건 아닌가 하여 몇 번 눈을 비볐다. 하지만 달라지는 건 없었다.

"하하, 이런 어린 친구들에게도 내가 이렇게 인기 있었는지 몰랐는걸."

언젠가 한번 딘 브라운의 사인회에서 보았던 모습 그대로였다.

*   *   *

우민이 먼저 손을 내밀며 인사했다.

"미스터 브라운, 와주셔서 감사합니다."

"딘이라 부르게. 그런데 이거 내가 학교 행사를 방해한 건 아닌지 모르겠어."

"하하, 아닙니다."

카타리나는 놀라움을 감추지 못했다. 옆에 있던 쿠에시는 침착하게 반응했다.

이미 알고 있는 눈치였다. 카타리나가 옆구리를 툭 치며 물었다.

"뭐야, 너 알고 있었어?"

쿠에시가 수줍게 고개를 끄덕였다. 출판사에서만 연락이 온 게 아니었다.

딘 브라운이라는 걸출한 작가와도 연락이 되었다.

"능력 있는 젊은 작가들을 만나는 건 내 일상의 즐거움 중 하나야. 빨리 보고 싶었네. 듣고도 긴가민가했지만 정말 이렇게 어린 친구일 줄이야."

우민이 옆에 있던 쿠에시를 가리켰다.

"저 혼자 쓴 게 아닙니다. 학생회장 후보에 출마한 저 친구와 함께 쓴 겁니다."

우민은 주변 아이들에게 다 들리도록 일부러 큰 소리를 냈다.

갑자기 지목당한 쿠에시의 볼이 홍당무처럼 변해갔다.

"아, 안녕하세요. 쿠에시 아난입니다. 조, 존경합니다. 작가님!"

쿠에시가 고개를 숙이며 황송하다는 듯 딘 브라운의 손을 맞잡았다.

"하나의 글에서 한없는 당당함과 부끄러움 가득한 소녀 감성이 느껴진다는 게 이상했는데, 이거 이제야 비밀이 풀렸군."

딘 브라운이 두 소년을 번갈아 가며 바라보았다. 교내에 '유명 인사'가 나타났다는 소식을 들었는지 교장 선생님 휘하 여러 선생님들이 모습을 드러냈다.

엠마 테일러가 안면이 있는지 먼저 인사를 건넸다.

"노아 테일러의 동생이에요. 예전 오라버니 출판 기념식에서 뵙고 또 뵙네요."

"아, 미스 테일러! 노아 그 친구는 어찌나 바쁜지 연락이 잘 되질 않아요. 보면 안부 좀 부탁드립니다."

엠마 테일러의 볼이 살짝 달아올랐다.

'저 선생에게도 저런 면이 있었어?'

우민은 살짝 놀랐다. 엠마 테일러가 수줍어할 수도 있다니. 자세히 보지 않으면 알아차릴 수 없을 만큼 찰나의 순간이었지만 그것만으로도 놀라기에는 충분했다.

그런 우민을 릴리 스위프트가 유심히 바라보고 있었다.

'입학한 지 얼마나 됐다고 벌써……'

쿠에시 아난을 학생회장 선거에 나가게 만들었을 때 아직 자신의 눈이 쓸모 있음에 감사했다.

둘을 붙여놓으면 분명 쿠에시 아난에게 변화가 생길 거라 생각했다.

그건 맞았다.

하지만 약간 수정해야 할 게 있었다.

우민에 대한 평가.

'딘 브라운이라니.'

희대의 히트작 라파엘 코드는 전 세계에서 1억 부 이상 판매되었다. 그밖에 출판한 책들도 뉴욕 타임스 베스트셀러 순위를 점령했다.

인기를 넘어서 대중들의 열렬한 사랑을 받고 있는 작가.

자신도 딘 브라운의 책이 나오길 손꼽아 기다리는 팬 중 한 명이었다.

그런 딘 브라운을 학교로 찾아오게 만들었다.

"미스 스위프트? 미스 스위프트!"

딴생각에서 깨어나니 우민이 바로 앞에서 자신을 부르고 있었다.

"어, 어어. 왜 그러니?"

"여기는 너무 시끄러워서 그런데 자리를 옮길 수 없을까요? 조용한 곳이면 좋겠습니다. 이를테면 미스 스위프트 사무실 같은?"

"그, 그래. 가자, 가야지. 차 한 잔 대접해야지."

화사한 꽃중년의 외모 때문인지 교장 선생님 얼굴에도 미소가 피어 있었다.

크리스는 딘 브라운과 담소를 나누며 사라지는 우민의 뒷모습을 보고 있었다.

"어? 그냥 가면 안 되는데."

이 무슨 예의 없는 경우란 말인가. 화가 나 한마디 하려는 찰나, 누군가 자신을 불렀다.

"미스터 콕스? 손석민이라고 합니다. 아프리카 아이들에 관한 이야기라면 저와 하시면 됩니다. 제가 전권을 위임받은 에이전트입니다."

손석민의 입에서 발음은 어색할지언정 내용 전달만은 또렷한 영어가 흘러나왔다.

"아… 그렇습니까? 그런데 뒤에 분들은……"

익숙한 얼굴들이 한두 명이 아니었다. 리틀 미디어, 애덤스 & 라일리, 밀런 출판사 등등 유명 작가의 출판 기념식이나 도서 박람회 같은 곳에서 안면을 튼 출판사 직원들이 대거 몰려와 있었다.

"보시다시피 계약을 하고 싶다고 찾아오신 분들입니다. 한 분씩 찾아뵙고 계약에 대한 말씀을 나누는 것이 도리이나 저희가 시간이 없어서, 부득이하게 여러분들을 함께 불렀습니다. 양해 부탁드립니다."

크리스가 눈살을 찌푸렸다. 아무리 그래도 이건 좀 너무하다는 생각이 들었다.

여러 출판사 직원들을 한 번에 부르다니, 자신이 '톱 작가'라도 된다고 착각하는 건가?

"다시 한번 죄송하다는 말씀드립니다. 만나자고 연락이 온 출판사만 해도 수십 곳이 되다 보니 저희 'W 에이전시'에서도 방법이 없었습니다. 그래서 분명 답장 말미에도 이러한 사항에 대한 고지를 해두었으니 사과의 말씀은 그만 올리도록 하겠습니다."

아!

크리스는 크게 신경 쓰지 않았던 'PS' 문구를 떠올렸다.

—에이전시 인력 부족으로 인해 약속이 중복될 수 있음을 사전 양해 바랍니다.

"보셔서 아시겠지만 딘 브라운 작가님이 직접 찾아오실 정도로 뛰어난 친구입니다. 그 점을 고려하셔서 저와의 계약에 임해주시기 바랍니다."

손석민은 사전에 우민이 알려준 대로, 되도록 많은 학생들이 들을 수 있도록 큰 소리로 떠들었다.

딘 브라운에 이어 줄줄이 나타난 출판사 직원들의 모습은 확실하게 효과를 발휘했다.

쿠에시 아난을 보는 눈빛이 확연히 달라져 있었다.

*　　　　*　　　　*

릴리 스위프트가 마련한 자리에 앉아 차를 한 잔 마신 딘 브라운이 말했다.

"오늘 여기까지 온 건 다름이 아니고, 서평을 써주고 싶어서 네."

딘 브라운이 서평을 써준다니!

우민은 비집고 나오려는 웃음을 겨우 감추었다.

"오히려 제가 부탁드리고 싶었던 말입니다."

"하하, 나는 책만 보고 서평을 쓰진 않아. 직접 만나서 이야 기를 나누고, 생각을 교환해도 해줄까 말까 하지. 자네도 알겠 지만 내 책이 어마어마하게 팔리지 않나."

큭.

우민이 결국 웃음을 참지 못했다. 스스로 무례했다고 생각 했는지 빠르게 말을 이었다.

"방금 전 웃은 건 저와 닮은 점이 많다는 생각 때문이었습 니다. 제가 이곳에 오기 전 목표했던 작가들 중 한 분이 저랑 비슷한 생각을 하신다는 것 때문에 저도 모르게 웃었네요."

"그래? 또 어떤 작가들을 목표로 하고 있었나?"

우민은 순간 머릿속을 스쳐 지나가는 농담을 한번 해보는 것도 나쁘지 않겠다고 생각했다.

"딘 브라운, 딘 브라운, 딘 브라운?"

딘 브라운이 고개까지 젖혀가며 목젖이 보이도록 크게 웃었다. 지켜보던 릴리 스위프트는 유명 작가 앞에서도 여유롭게 대화를 하는 담대한 태도에 새삼 놀란 눈치였다.

"하하, 이거 내 생각보다 재밌는 친구를 만났어."

딘 브라운의 두 눈이 우민에 대한 흥미로 가득 찼다.

*   *   *

우민은 딘 브라운과의 대화가 끝나고 기다리고 있던 손석민을 만났다.

손석민.

한국에서는 출판사 사장이었지만 미국에서는 우민의 에이전트 역할을 하고 있다.

미국 출판 시장에 대해 알아보던 손석민이 먼저 제안해 왔다.

유명 작가를 거느린 에이전시는 기존 종이책 출판사보다 큰 힘을 가진다.

종이책이 점점 사라지고 온라인 플랫폼이 전면으로 나서면서 이런 현상은 더욱 심화될 것이다.

작가 혼자 온라인 플랫폼 수십 곳과의 계약을 관리할 수는 없지 않은가.

에이전트의 역할에 대해 상세히 설명한 우민이 쿠에시에게 말했다.

"쿠시, 꼭 이 아저씨와 계약할 필요는 없어."

쿠에시가 고개를 저었다.

"우, 우민이라면 믿을 수 있어서 그런 거야."

손석민이 손을 내밀며 호탕하게 웃었다.

"하하, 그렇지. 아저씨는 믿지 못하더라도 우민이는 믿을 만하지."

우민이 장난스러운 표정을 지우고 진지하게 강조했다.

"아저씨, 저야 아저씨를 믿지만 이 친구랑은 정말 최고의 조건으로 계약해야 해요. 앞으로 나중에는 계약하고 싶어도 못하게 된다고요."

쿠에시가 부끄러운 듯 고개를 숙였다.

"물론이다. 계약은 톱 작가들과 비슷한 수준으로 진행할 거야."

손석민도 한층 진지해진 표정으로 말을 이었다.

"출판사와의 계약이 문제인데… 그렇지 않아도 여러 출판사와 계약 조건을 알아보는 중이야. 아무래도 규모가 작은 곳에서 조건을 좋게 부르더구나. 계약금 삼만 달러에 5,000부 이상 13%, 만 부 이상부터 17%."

신인 작가의 경우 오천 달러에서 많아야 만 오천 달러의 계약금이 통상적인 수준이다.

확실히 레딧에서 입증된 글이기 때문인지 조건이 괜찮았다. 다만 규모가 작다는 것이 마음에 걸렸다.

"나쁘지 않은 조건이긴 한데… 잉크 출판사에서는 얼마를 불렀어요?"

잉크 출판사.

딘 브라운의 책을 거의 독점적으로 공급하고 있는 미국의 대형 출판사 중 한 곳이다.

"계약금 만 오천 달러에 5,000부 이상 12.5, 만 부 이상 15."

쿠에시는 대화에 끼지 못하고, 그저 듣고 있을 수밖에 없었다. 어른들의 대화를 거침없이 해나가는 우민이 신기할 따름이었다.

"그럼… 계약금 없이 잉크 출판사에서 만 부 이상 17로 할 수 있냐고 말해보세요. 레딧에도 인기 게시물로 올라왔어요. 만 부 이상은 가볍게 넘길 겁니다. 어차피 계약금이야 선인세 명목으로 받는 거니 최대한 인세율을 올리는 게 중요합니다."

손석민이 알았다는 듯 고개를 끄덕였다. 손석민과 어느 정도 조건을 정리한 우민이 쿠에시를 바라보았다.

"쿠시, 지금까지 들어서 대충 파악했겠지만 계약금이 없어도 괜찮을까? 어차피 선인세 개념이라 네가 받아야 할 인세에서 깎이는 거야. 내 생각에는 받아야 할 인세를 높이는 게 장기적으로 좋을 거야."

쿠에시도 고개를 끄덕였다.

출판.

꿈에 그리던 일이 코앞에 와 있었다. 머뭇거릴 이유가 없었다. 말로 형용할 수 없을 정도의 기쁨이 찾아왔다.

마치 온몸 전체가 날아갈 것 같은 느낌을 겨우 참고 있는 중이었다.

사실 계약 내용이 귀에 잘 들어오지도 않았다.

오로지 두 가지 사실.

출판한다.

계약한다.

이것만이 중요했다. 쿠에시는 최대한 기쁨을 절제하며 손석민과 손을 맞잡았다.

"나도 좋아. 그렇게 할게."

어쩐 일인지 단 한 번도 말을 더듬지 않았다.

*   *   *

흐흥~ 흥흥.

딘 브라운과 알게 된 지 벌써 10년째, 그가 이렇게 콧노래를 흥얼거리는 모습을 본 건 라파엘 코드가 1억 부 판매량을 돌파했을 때를 빼고는 처음이었다.

"오늘 기분이 무척 좋아 보이십니다."

"하하, 그래 보였나? 이거 숨길 수가 없구먼."

운전을 하던 딘 브라운은 기쁨을 감추지 않았다. 오늘 일정은 '우민'이라는 동양인 꼬맹이를 만나는 게 다였다.

우민이라는 아이의 어떤 점이 미국의 대표적인 상업 작가 딘 브라운을 저토록 기쁘게 하는 걸까 궁금했다.

"저 아이의 글쓰기 실력이 그렇게 뛰어난가 보죠?"

에이전트는 어림짐작해 보았다.

"하하, 글쓰기 실력이라… 글쓰기 실력이 뛰어난 거야 두말할 나위도 없지. 그 아이의 글에는 힘이 있어. '마음을 움직이는 힘'이."

저렇게 즐거워하는 이유가 그것만이 다는 아닌 것 같았다. 딘 브라운의 취미 중 하나인 신인 작가를 만날 때마다 저렇게 콧노래를 부를 정도로 좋아하지는 않았다.

딘 브라운은 묻지도 않은 말을 술술 이어 나갔다.

"아이답지 않은 자신감에 가득찬 말들, 상황의 분위기를 바꾸는 센스 있는 언행. 그리고 그걸 뒷받침하는 능력까지. 그런 아이와의 만남이 어찌 즐겁지 않을 수 있겠나."

딘 브라운은 다시 생각해도 유쾌한 듯 중얼거렸다.

"딘 브라운, 딘 브라운, 딘 브라운이라니, 하하하! 겨우 14살 아이에게 인정받았다는 것이 이토록 기쁠 줄은 나도 몰랐네."

에이전트는 당연한 것에 기뻐하는 딘 브라운을 보며 웃으며 말했다.

"하하, 작가님이야 어딜 가든 인정받으시는 분 아닙니까."

"그랬지. 그런데 말이야. 이 아이에게 인정받았다는 것이 왜 이토록 흐뭇하고 즐거운 걸까? 마치 내 마음속 깊은 곳에서 이 아이를 호적수로 여기는 것 같단 말이야… 조금 더 솔직히 이야기하자면 이미 나를 뛰어넘은 것 같기도 해."

놀란 마음의 에이전트가 자신도 모르게 힘주어 운전대를 잡았다.

"네?"

"하하, 솔직하게 툭 털어놓고 나니 한결 마음이 편하구먼. 그래서 더 즐거웠던 것 같아. 따라잡아야 할 목표가 생긴 것 같은 느낌? 그게 날 이렇게 즐겁게 만들고 있어."

"하지만 그 글은 우민 군 혼자 쓴 것도 아니잖습니까. 옆에 있던 쿠에시와 함께 쓴 건데… 그 아이만을 이토록 특별히 생각하시는 이유가……."

차는 어느새 LA 시내로 들어서, 딘 브라운이 묵고 있는 호텔 앞에 도착했다.

차에서 내리던 딘 브라운이 놀리듯 웃으며 말했다.

"물론 그 친구도 뛰어나지. 하하, 여기까지만 말해야겠어. 에이전트가 이렇게 사람 보는 눈이 없어서야. 딱 보면 척해야 하는 거 아닌가? 그 이유는 자넬 위한 숙제로 남겨두겠네."

궁금증을 참지 못한 에이전트가 창문을 내리고 소리쳤다.

"작가님!"

딘 브라운은 답하지 않고, 호텔 안으로 들어갔다. 에이전트는 닭 쫓던 개 지붕 쳐다보는 심정으로 딘 브라운의 뒷모습을 바라보았다.

*　　　　*　　　　*

기숙사 방으로 들어온 둘은 기쁨의 환호성을 감추지 못했다. 다른 사람들의 시선 때문에 억제되어 있던 쿠에시의 감정이 폭발하듯 분출되었다.

"우민! 고마워. 다 네 덕분이야! 출판해서 잘되기만 하면 우리 가족에게도 큰 도움이 될 거야!"

"쿠시, 내가 말했잖아. 나만 믿으라고. 그리고 너 알고 있어? 이제 더 이상 말을 더듬지 않고 있어."

"어… 어?"

"하하, 이 기세로 학생회장만 하면 되겠는데?"

벌컥.

문이 열리며 카타리나가 모습을 드러냈다. 쿠에시가 문 쪽으로 고개를 돌렸다.

"어? 타냐? 네가 여길 어떻게."

"흥! 지금 그게 중요한 게 아니잖아. 나만 빼놓고 둘이 글을 써서 올리고 있었단 말이지?"

우민이 어이가 없다는 듯 카타리나를 바라보았다.

"여기는 여학생 금지인 거 몰라? 이렇게 함부로 들어왔다가 걸리면 어쩌려고 그래."

"몇 번을 말해, 지금 그게 중요한 게 아니잖아! 너, 너희 둘 어쩜 쏙 나만 빼놓고. 뭐? 아프리카 아이들? 보니까 지금 레딧에서도 인기 게시물이더라."

카타리나가 수업이 끝나고 돌려받은 핸드폰을 꺼내 들었다. 이미 알고 있는 사실. 우민이 볼 필요도 없다는 듯 침대에 털썩 누웠다.

"당연하지. 누가 올린 건데. 안 그래, 쿠시?"

"맞아. 우민과 내가 올린 건데 당연히 1등 해야지."

쿠에시의 변화를 눈치챈 듯 타냐가 눈을 동그랗게 떴다.

"쿠, 쿠시, 너, 말을 안 더듬잖아?"

오히려 놀란 카타리나가 말을 더듬었다. 쿠에시는 태연하게 말을 이었다.

"아프리카에서는 말을 더듬지 않았어. 그동안 이곳에 적응을 잘하지 못해서 생겼었나 봐."

당당한 쿠에시의 태도에 오히려 카타리나의 말더듬증이 심화되었다.

"그, 그, 그랬어?"

또렷하게 자신의 의사를 표현하는 쿠에시를 보며 우민은 날아갈 듯 소리쳤다.

"쿠시, 너 완전히 나았구나!"

어리둥절하던 카타리나도 맞장구를 쳤다.

"다, 다행이다!"

"쿠에시 아난 학생회장님, 앞으로 잘 부탁드립니다!"

우민은 아직 학생회장 투표도 하지 않았지만 마치 당선된 것처럼 말했다. 예전의 쿠에시라면 부끄러워하겠지만 이제는 아니다. 그저 잔잔한 미소로 대답했다. 카타리나는 여전히 놀라 벌어진 입을 다물지 못했다.

콰앙!

윌리엄 피어슨이 치솟는 화를 참지 못하고 Student Council(학생회)라는 푯말이 붙어 있는 사무실 문을 박차고 들어왔다.

"뭐? I Love Trello? 능력도, 실력도 없는 것들이 갑자기 나타나서는."

윌리엄을 필두로 줄줄이 학생들이 들어왔다. 모두 현 학생회 임원이자 곧 있을 대니얼 밀러의 학생회장 선거 당선을 위해 모인 친구들이었다.

그중 Publicity(홍보부장)이 타이르듯 말했다.

"윌리엄, 그렇지 않아도 학내에 학생회의 모토인 'Strong Trello'에 대해 거부감을 가지는 학생들이 늘어나고 있어. 너의 그런 반응은 대니얼에게 전혀 도움이 되질 않는다는 사실을 알아야 돼."

홍보부장의 말에 윌리엄 피어슨이 거칠게 반응했다.

"너는 화도 안 나? 어디서 왔는지도 모를 그런 자식들이 학생회장이 되겠다고 설치는 꼴이 이해가 된단 말이야?"

대니얼 밀러가 둘 사이를 가로막았다.

"그만. 우리는 같은 팀이다."

홍보부장이 멈추지 않고 말을 이었다.

"대니얼, 여기는 학교야. 능력과 경쟁도 중요하지만 교육과 배려도 중요한 곳이라는 걸 알아야 해. 네가 학교를 사랑하는 마음은 충분히 알지만, 그게 오히려 역효과를 내고 있어."

"……."

대니얼은 침묵으로 대답을 대신했다. 홍보부장이 답답하다는 듯 긴 한숨을 내쉬었다.

"올해 우리 학교 전학율이 얼만지는 알고 있어? 이것만으로도 한쪽으로 치우친 생각이 얼마나 위험한 것인지 충분히 경험했다고 생각하는데."

씩씩거리며 거친 숨을 토해내던 윌리엄 피어슨이 홍보부장에게 소리쳤다.

"그래서 지금 대니얼이 잘못됐다고 말하는 거냐? 강한 학교, 능력 있는 학생들을 만들기 위해 경쟁을 강조하고, 능력이 안 되는 것들의 장학금을 돌려받아 다른 학생들을 지원하는 게 뭐가 나쁘다는 거지?"

홍보부장이 학생회 사무실 한편에 붙어 있는 현수막을 가리키며 말했다.

"이번에도 표어는 Strong Trello지?"

Strong Trello.

대니얼이 만든 공식 표어였다. '강한 학교를 만들겠다', '강한 학생을 만들겠다'는 의지가 담겨 있었다.

그런 의지는 공약으로 제시되었다. 강해지기 위해 교사나 교칙의 개입을 최소화하고, 개인이 모든 것을 해결하는 분위기를 조성했다.

최고의 학교로 거듭나기 위해 경쟁을 강조했다. 경쟁에서 탈락하면 받고 있던 장학금도 몰수하도록 교장 선생님께 건의하여 관철시켰다.

그 밖에도 다양한 교칙들이 대니얼 밀러가 학생회장으로 있는 사이 생겨나고 사라졌다.

다만 전학율이 유례없이 치솟았을 뿐이다.

대니얼이 아무 말도 없자 홍보부장이 말을 이었다.

"대니얼, 지금까지 학교에 염증을 느껴 전학간 아이들을 생각해 봐."

그 말을 끝으로 홍보부장이 사무실을 나가 버렸다. 윌리엄 피어슨이 발끈하며 중얼거렸다.

"약한 자들이 하는 변명을 왜 들어줘야 하는데."

대니얼 밀러는 조용히 홍보부장이 나간 문을 바라보았다. 질끈 깨문 입술에서 선홍빛 방울이 모습을 드러냈다.

*   *   *

딘 브라운이 학교를 다녀가서일까.

우민을 보는 시선도, 쿠에시를 보는 시선도 피부에 닿을 정도로 달라져 있었다.

"저기, 저 애가 딘 브라운이 와서 극찬했던 애라며."

"듣기로는 곧 책도 출판한다던데?"

"제목이 아프리카 아이들인가. 레딧에 올라와 있대."

"어? 그거 나도 어제 봤는데."

"그게 저 둘이 쓴 거라고?"

예전에 쿠에시를 보는 아이들의 수군거림의 대부분이 놀림이었다면 이제는 아니었다.

놀람과 경탄, 그리고 감탄이 대부분이었다. 학생회장에 출마하겠다고 나섰을 때부터 그저 어릿광대로 보던 시선들이 달라져 있었다.

그런 시선의 변화는 교실에 들어서마자 알 수 있었다.

뚝.

사이좋게 떠들던 아이들이 쿠에시가 교실로 들어서자 말을 멈추었다.

변화된 모습에 카타리나가 어깨를 으쓱하며 말했다.

"쿠에시, 여기에 앉아. 아프리카 아이들의 작가이자 딘 브라운의 인정을 받은 친구여."

과장된 말투와 행동에 우민은 부끄러움이 밀려왔다. 쿠에시는 일련의 상황을 통해 자신감을 되찾았는지 당당히 걸어가 자리를 찾아 앉았다.

우민은 그런 쿠에시를 보며 슬며시 미소 지었다. 친구의 변한 모습이 그렇게 흐뭇할 수가 없었다.

"고마워, 카타리나. 그리고 딘 브라운이 인정한 건 여기 우민이야. 난 아직 많이 부족해."

쿠에시는 단 한 글자도 더듬지 않고 말했다. 더구나 예전의 소심함이 아닌 겸손함이 가득했다.

교실로 들어서던 엠마도 놀라며 쿠에시를 바라보았다.

"이제는 정말 학생회장을 해도 되겠는데?"

　　　　*　　　　　*　　　　　*

　오늘은 카타리나 켈리의 실력이 정말 향상되었는지 평가받는 자리. 교실 내 아이들이 숨죽인 채 Letter 사이즈의 종이를 보고 있었다.

　우민과 눈이 마주친 카타리나가 살짝 혀를 내밀며 쑥스러운 듯 웃어 보였다.

　'확실히 많이 좋아졌어.'

　엠마 테일러가 보기에도 확실히 좋아졌다. 장황하게 나열되어 있던 수식어들은 깔끔하게 정리되어 글의 가독성을 높였다.

　이야기의 짜임새는 또 어떤가.

　중구난방하게 나열되어 산만하게만 느껴지던 각 문장들의 연결이 부드럽게 변해 있었다.

　제목: 지각.

　첫날 써냈던 것이 그저 값싼 뷔페였다면 지금은 호텔 양식 요리 같았다.

　그저 퇴고를 잘했기 때문만은 아니었다.

엠마는 가장 먼저 아이들의 의견을 물었다.

"다들 어때? 카타리나의 글이 달라진 것 같니?"

"읽다 보면 덜컥거리며 막히는 느낌이 들었는데 그게 사라졌어요."

"비슷한 것 같지만 달라요. 수식어들이 많은 건 여전한데… 왜 이렇게 재밌는 거죠?"

아이들의 말에 엠마가 우민을 바라보았다. 답을 해보라는 눈빛. 우민이 입을 열었다.

"수식어들을 적절하게 사용하면 작가를 나타내는 개성이자 글에 날개를 달아주는 역할을 하지만 그저 자신이 단어를 많이 알고 있는 걸 자랑하기 위해 사용하면 글이 산으로 가게 됩니다."

엠마가 다시 학생들을 바라보았다.

"그렇다는구나. 다른 의견 있는 사람?"

카타리나가 손을 들었다.

"그, 그럼 내가 예전에는 그저 단어 많이 아는 걸 자랑하기 위해 글을 썼단 말이야?"

대답은 엠마가 대신했다.

"카타리나? 인정할 건 인정해야지?"

이를테면 맑다, 깨끗하다, 라는 말을 clear라고 쓸 수도 있지만 crystal clear라고 표현할 수도 있다.

엠마가 카타리나에게 가르친 것도 이런 식으로 풍부한 단어를 사용하라는 것이었다.

우민은 풍부한 단어를 어떻게 나열해야 하는지를 알려주었다. 카타리나를 조용히 시킨 엠마가 쐐기를 박았다.

"이제 어떻게 단어를 적재적소에 사용해야 하는지 알겠지?"

엠마까지 우민의 편을 들자 카타리나가 풀이 죽은 듯 자리에 앉았다. 어느 정도 상황이 정리되었다고 생각한 엠마가 말했다.

"자, 그럼 우민이 네가 다른 아이들도 가르쳐 보겠어? 생각보다 잘했으니 Extra Credit을 5점으로 올려주마."

우민이 씨익 웃으며 자리에서 일어났다.

"제가 특별히 펜까지 준비해 왔습니다. 빽빽이는 이걸로 써야 제 맛이라서요."

우민이 모나미 볼펜 7자루를 꺼내 들었다.

"이 펜의 잉크가 다 떨어질 때쯤이면 아마 180도 달라져 있을 겁니다."

우민의 미소에 유독 한 무리의 아이들이 흠칫거리며 몸을 떨었다.

*   *   *

Don't Stop! Go ahead.

열정적인 우민의 외침에 반응하기라도 하듯 앉아 있는 아이들의 손놀림이 빨라졌다.

"느려, 느리다고! 더 빨리! 머리가 아니라 몸이 기억하게 만들어야 해! 글쓰기가 머리로 하는 거라 생각해?"

고된 반복 운동으로 아이들의 손목 근육이 비명을 질렀지만 우민은 멈추지 않았다.

오히려 더 강하게 채찍질했다.

"아니. 엉덩이, 그리고 손으로 하는 거다! 생각이 나지 않는다고! 이야기가 진행되지 않는다고 포기할 건가?"

우민의 독촉 때문인지 느려지던 아이들의 필사 속도가 다시 빨라졌다.

"포기할 거야!"

필사를 하던 몇몇 아이들이 이마에서 구슬땀이 떨어졌다. 그 와중에도 착실히 대답했다.

성인도 쉬이 상대할 수 없는 우민의 패기에 눌린 것이다.

"아, 아니."

"그래. 그때 바로 엉덩이가 힘을 발휘한다. 손이 도와준다. 머리가 멈춘다 해도 손이 절로 움직일 것이다!"

계속되는 반복 학습 때문인지 마치 최면이라도 걸린 것 같았다. 아이들은 광신도가 된 것처럼 우민의 말을 따랐다.

지켜보고 있던 엠마도 그런 우민의 기백에 눌려 쉽사리 말을 건네지 못했다.

그렇게 한 시간을 몰아붙이고 나서야 짧은 휴식 시간이 주어졌다. 그 틈에 엠마가 물었다.

"이런 방식의 교육이 정말 효과가 있을까?"

"쿠에시와 카타리나가 변한 모습을 이미 보시지 않았습니까."

카타리나의 달라진 글 솜씨, 이제는 학생회장까지 하려는 쿠에시까지, 엠마는 우민의 말에 반박할 수가 없었다.

"호호, 그럼 너도 이런 식으로 교육할까?"

우민이 고개를 저으며 대답했다.

"아니요. 저에게는 쓸모없는 방법입니다."

엠마가 짧게 한숨을 내쉬었다.

"문제 해결 능력 경쟁도 싫다. 자유 경쟁 토론도 싫다. 이것도 싫다. 저것도 싫다. 그럼 어떤 게 너에게 맞을까?"

엠마는 다양하고 특별한 교수법을 우민에게 제안했다. 하지만 모두 거부당했다.

"자유."

"우민? 선생님과 농담할 생각이야?"

"그거면 됩니다. 미스 테일러의 교수법이 틀렸다고 말씀드리는 것이 아닙니다. 하지만 제가 제 자신을 가장 잘 알고 있습니다. 현재는 이렇게 쿠에시의 성장을 옆에서 지켜보는 것이 곧 저를 성장시키는 방법입니다."

"그러니까 스스로 시간 계획을 짜서 학습하고 싶다는 말인가?"

우민은 자신이 생각하고 있던 이유를 설명해 나갔다.

"맞습니다. 보셔서 아시겠지만 저는… 다릅니다. 저에게 쏟을 시간을 다른 아이들에게 투자하세요. 저는 알아서 커왔고, 알아서 클 테니까요."

엠마는 자신이 분석한 프로파일링 유형을 생각해 냈다.

지배자적 유형.

노아 테일러가 말한 폭군 같다는 표현.

지금의 상황과 정확하게 일치했다. 지배자가 엇나가면 독재자가 된다. 그것만은 막고 싶었다. 잠시 멈춰 뒤를 돌아보게 만들어야 한다.

"우민, 알아서 크는 아이는 없어. 언젠가 너의 오만함이 발목을 잡게 될지도 몰라."

"교만하다, 오만하다, 건방져 보인다, 버릇없다, 무례하다, 발칙하다, 방자하다, 주제넘다, 당돌하다 등등. 제가 어렸을 때부터 수없이 들어온 말입니다. 그런데 현실은 어떨까요?"

엠마 테일러는 조용히 경청했다. 대화를 나눌 때면 결코 우민의 말을 중간에 자르는 법이 없었다.

작은 차이일 수도 있지만 이것이 우민이 한국에서 경험한 선생님과 미국 선생님의 차이였다.

"여기에 와 있습니다. 명문 트렐로 스쿨에 와 있고, 딘 브라운이라는 미국의 걸출한 작가님이 절 보기 위해 이곳까지 찾아왔습니다. 이 정도면 제 스스로를 충분히 증명한 것 아닐까요?"

결과가 말해주고 있어서일까. 엠마는 딱히 반박할 말을 떠올리지 못했다.

그저 눈을 감고 생각에 잠기는 것으로 대답을 대신했다. 생각하면 할수록 어쩌면 자신의 프로파일링이 틀렸을지도 모른다는 생각이 들었다.

지배자. 폭군. 그 앞에 '건드릴 수 없는'이라는 수식어가 빠졌다. 쉬는 시간이 끝나고 자리에서 일어난 우민이 소리쳤다.

Let's start over.

우민의 말에 앉아 있던 아이들이 다시 펜을 잡았다. 그러고는 'I love Trello'로 시작하는 문장을 적어나갔다.

쿠에시가 학생회장 선거 운동을 하며 나눠 주는 전단지의 첫 글귀였다.

                    *   *   *

크리스 콕스는 사무실에서 하루 종일 레딧을 들락날락거렸
다.

어디서 어떻게 알려진 건지. 아프리카 아이들의 조회수가
기하급수적으로 늘어나고 있는 중이었다.

딱히 홍보를 한 흔적도, 글의 내용이 급격하게 바뀐 것도
없는데 조회수는 오천을 넘어 만을 바라보았다.

이상함에 한참을 뒤적거린 뒤에야 그 이유를 찾을 수 있었
다.

"아⋯⋯."

트렐로 스쿨에서 본 딘 브라운이 과연 헛것이 아니었다. 그
가 남긴 짧고 굵은 한마디.

Gorgeous.
멋지다.

딘 브라운이 댓글을 남긴 글이라는 사실이 퍼져 조회수를
끌어올렸다.

크리스가 보고 있는 와중에도 조회수는 가파르게 상승했

다. 이미 인기 글에 올라선 것도 모자라 최상위권으로의 진입을 넘보고 있었다.

"이거… 계약 조건을 잘못 부른 것 같은데……."

자신이 제안한 계약 조건도 꽤나 후하다고 생각했다. 지금껏 신인 작가들에게 제시한 조건들 중 최고였다.

하지만 그 조건으로 '아프리카 아이들'이라는 작품을 잡을 수 없을 것 같다는 생각이 머릿속에서 떠나가질 않았다.

계약 조건 변경은 자신의 권한으로 할 수 없는 일. 편집부 팀장과 상의를 거쳐야 한다.

결심한 크리스는 자신의 감을 믿기로 하고 자리에서 벌떡 일어나, 사무실 한편에 자리한 편집장을 찾아갔다.

"편집장님?"

크리스가 말을 하기도 전에 편집장이 먼저 모니터 화면을 보여주었다.

잉크 출판사 신작.
아프리카 아이들.

조심해라.
광활한 아프리카 대륙의 뜨거움에 당신의 심장이 불타 없어져 버릴지도 모른다.

—딘 브라운.

잉크 출판사 신작 소개란에 딘 브라운의 서평과 함께 계약하려던 책이 올라와 있었다.

얼떨떨해하던 크리스가 자그맣게 중얼거렸다.

"한발… 늦었군요."

편집장이 작게 한숨을 내쉬며 고개를 끄덕였다. 크리스는 조용히 사무실 문을 닫고 다시 제자리로 돌아갈 수밖에 없었다. 다시 접속해 본 레딧에도 공지 사항이 하나 올라와 있었다.

—출판 계약으로 인해 해당 내용은 삭제됩니다.
—지금까지 읽어주셔서 감사합니다.

크리스는 또 다른 좋은 글이 레딧에 올라와 있지 않은지 눈에 불을 켜고 살펴보았다.

이번에는 놓치지 않겠다고 다짐 또 다짐했다.

투표 날.

학생회장 투표는 교육의 일환으로 전 학생이 강당에 모여 진행된다.

함께 투표를 하고 개표 과정까지 지켜봄으로써 민주주의의 중요한 행사인 투표를 체험하게 하는 것이다.

학생들 속에 앉아 있던 카타리나가 불안한지 손톱을 깨물며 연신 다리를 떨어댔다.

우민이 카타리나의 손을 잡아 아래로 내렸다.

"타냐, 진정해. 왜 이렇게 안절부절못해. 누가 보면 네가 선거에 나가는 줄 알겠다."

"서, 서, 설마 진짜 학생회장 되는 건 아니겠지."

우민은 진정하라며 카타리나에게 손을 가져갔다. 그녀는 또 입을 막을 거라 생각했는지 재빨리 뒤로 물러났다.

"홍, 이번에는 안 통한다고."

휙.

그보다 긴 우민의 팔이 카타리나의 머리를 살짝 스치고 지나갔다.

머리에 묻어 있던 보풀을 떼어낸 우민이 다시 차례차례 투표를 하고 있는 단상 쪽을 바라보았다.

"머리에 이상한 거나 묻히고 다니지 마. 그리고 '진짜 학생회장 되는 건 아니겠지'가 뭐야. 정말 되어야지."

"내, 내 말은 그런 뜻이 아니라……."

옆에 앉아 있던 쿠에시가 카타리나를 불렀다.

"우리 차례야. 나가자."

쿠에시가 자리에서 일어나 투표장으로 걸어나갔다. 우민의 시선은 여전히 정면에 고정되어 있었다.

마침 대니얼 밀러가 투표를 하고 내려오고 있었다.

대니얼이 자리에 앉자마자 옆자리에 있던 윌리엄이 인상을 팍 구기며 조용히 귓속말을 속삭였다.

"상황이 안 좋게 됐어. 분명 우리 쪽을 찍어준다고 했던 운동부 쪽에서도 몇몇이 마음을 바꾼 모양이야."

말을 하던 윌리엄이 눈짓을 보냈다. 대니얼이 고개를 돌리자 애틋한 눈빛을 교환하는 커플들이 보였다.

자신도 소문을 통해 들었다.

이우민.

그 아이가 저들을 연결시켜 주었다. 대니얼이 다시 고개를 돌렸다.

'뭐야, 눈싸움이라도 하겠다는 건가.'

대니얼과 눈이 마주친 우민은 피하지 않고 한층 힘주어 바라보았다. 그렇게 몇 초가 지나자 눈이 약간 시큰거리는 느낌이 왔다.

그러나 깔보는 듯한 저 눈빛에 지고 싶지 않았다. 투표를 마치고 도착한 카타리나가 우민의 어깨를 툭 쳤다.

"야, 어딜 그렇게 노려보고 있어."

껌벅.

우민이 무의식적으로 눈을 감았다.

졌다.

젠장.

"그런 게 있어."

순간 자신을 향해 엄지를 치켜드는 니콜라스가 보였다.

'고맙다!'

엄지와 눈빛으로 많은 의미가 전달되었다. 저 선배는 분명 쿠에시를 찍을 것이다.

―투표가 마감되었습니다. 개표 위원들 나와서 개표 시작해 주세요.

선생님의 말에 몇몇 학생들이 앞으로 걸어나갔다. 투표함에 있던 종이들이 쏟아져 나왔고, 실제 개표 현장을 방불케 할 만큼의 엄숙한 분위기 속에서 개표가 진행되었다.

*   *   *

"야!"

멀리서 들려오는 카타리나의 괴성에 우민이 뒤를 돌아보았다.

"수업도 끝났는데 여기서 뭐 해."

한참 뒤에서 쫓아왔는지 헉헉거리며 거친 숨을 토했다. 겨우 숨을 고른 뒤에야 카타리나는 숙이고 있던 허리를 폈다.

"너, 헥헥, 혼자 가려고 그러지."

"혼자? 어딜? 모르겠는데."

카타리나가 기분 나쁘다는 듯 눈을 흘겼다.

"또 장난질이냐? 내가 당할 줄 알아?"

우민이 입꼬리를 올리며 씩 웃어 보였다. 그러고는 마치 기다렸다는 듯 냅다 뛰기 시작했다. 막 호흡이 진정되고 있던 카타리나가 어이없다는 듯 소리쳤다.

"야! 나도, 나도 같이 가! 나도 보고 싶단 말이야."

카타리나도 울며 겨자 먹기 식으로 적갈빛 머리를 휘날리며 녹음이 울창한 교정을 달려 나갔다

헉. 헉헉.

우민의 가슴이 연신 위아래로 움직였다. 코에서는 뜨거운 김이 피어올랐다.

가만히 숨을 고른 후에야 고개를 들 수 있었다.

'이번 책만 잘 팔리면 당장 운동부터 시작해야겠어.'

우민이 고개를 들고 옷매무새를 다듬을 때 카타리나가 흥흥한 기색을 드러내며 나타났다.

"우민, 너 이 자식!"

우민이 카타리나의 입술을 막았다.

"덕분에 운동 잘했지? 그리고 쉿! 이미 도착한 것 같다."

"읍, 으읍! 푸하, 내가 말했지. 손가락으로 입술 막지 말라고."

"조용, 조용."

우민이 조심스레 학생회 사무실 문을 열고 들어갔다.

*   *   *

뉴욕 타임스의 기자 소피아는 들뜬 기색이 역력했다. 신인 작가를 만난다는 건 언제나 즐거운 일이다.

"혹시 우민 군?"

문으로 들어서던 우민이 고개를 끄덕였다.

"여기 이리로 와서 앉아요."

간단한 다과가 준비되어 있었다. 탁자에는 녹음기로 보이는 전자기기가 불을 밝히고 있었다.

"안녕하세요. 이우민입니다."

"반가워요. 뉴욕 타임스 기자 소피아 플로라예요. 여기 쿠에서 군에게 말은 많이 들었어요."

"하하, 그러셨으면 거의 다 들으신 거나 마찬가지입니다."

"쿠에시 군 말로는 자신은 거들기만 했다는데요? 그리고 쿠에시 군을 학생회장으로 만든 스토리도 무척 궁금하네요. 출출하면 여기 샌드위치 준비해 왔으니 먹으면서 진행해도 돼요."

소피아가 탁자 옆에서 샌드위치와 음료수들을 꺼내 올렸다.

양을 보니 한두 시간 안에 끝날 것 같지가 않았다.

이미 소피아의 맞은편에 앉아 있던 쿠에시가 짐짓 엄한 표정을 지어 보이며 말했다.

"우민, 어서 와서 앉아. 이건 친구가 아니라 학생회장으로서의 명령이다."

친구의 스스럼없는 농담에 우민도 웃으며 자리에 앉았다.

"그럼 현재 뉴욕 타임스 7위에 올라 있는 '아프리카 아이들'에 대해 본격적으로 이야기를 나눠볼까요."

뉴욕 타임스 베스트셀러 7위.

현재 우민과 쿠에시가 쓴 책의 순위였다.

"하하, 그럼… 저희가 처음 만났을 때 이야기부터 시작해야겠네요. '아프리카 아이들'을 쓰겠다는 생각을 하게 된 것도, 이 친구를 여기 트렐로 스쿨의 학생회장으로 만들어야겠다는 생각을 하게 된 것도 모두 그때부터 시작되었으니까요."

소피아가 편하게 이야기를 해보라는 듯 눈을 마주치며 고개를 끄덕였다.

우민은 쿠에시를 슬쩍 한 번 바라보고는 첫 만남, 그때의 기억을 떠올렸다.

"시작은 헤밍웨이였습니다."

*   *   *

토요일 오후.

우민은 오랜만에 어머니와 함께 LA 시내를 찾았다. 목적지는 미국 최대의 오프라인 서점인 반디노블.

잉크 출판사에서 출간된 자신의 신작을 직접 눈으로 보기 위해서였다.

우민은 옆에서 운전을 하고 있는 박은영을 걱정스럽게 바라보았다.

"엄마, 건강은 괜찮아? 사람이 먹는 게 달라지면 몸에 무리가 온다던데……."

"이 녀석아, 엄마 괜찮아. 아직 쌩쌩하다고."

"그래도… 혹시 이상 생기면 바로 병원 가. 병원비 걱정 같은 건 하지 말고. 알았지?"

그런 우민을 박은영이 사랑스러운 눈빛으로 바라보았다. 어쩜 이렇게 이쁜 말만 골라서 하는지 자신이 낳았다는 사실이 믿기지 않을 정도였다.

"알았어. 엄마 걱정은 하지 말고. 학교생활이나 열심히 하렴."

우민이 해맑게 웃으며 답했다.

"헤헤, 나야 언제나 1등이지."

"공부한다고 무리하지는 말고, 건강이 최우선이다, 알았지?"

"웅!"

이야기를 나누다 보니 어느새 반디노블 앞에 도착했다. 주차장에 차를 대고 내리자 기다리고 있던 손석민이 손을 흔들었다.

"우민아, 어머님 여깁니다!"

박은영 앞이어서인지 우민이 한층 공손히 인사했다.

"아저씨, 오셨어요."

"하하, 그래. 원래는 내가 운전했어야 하는데, 우민이 덕분에 아저씨가 너무 바빠져서 그럴 시간이 없었구나."

박은영이 손사래를 치며 말했다.

"아니에요. 운전은 무슨, 저도 가까운 곳부터 다니면서 익숙해지려고요."

"그런 말씀 마십시오. 다른 사람도 아니고, 우민이 어머님이신데 당연히 제가 챙겨 드려야죠."

손석민이 사람 좋은 미소를 지어 보였다. 박은영이 LA에 정착하는 데 큰 도움이 된 사람이 바로 손석민이었다.

우민이 미국 진출을 염두에 두고 있다는 말을 들었을 때부터, 미국 출판 시장의 동향에서부터 생활 전반까지 차근히 준비했다.

하다못해 인터넷을 신청하는 것도 손석민이 처리해 주었다. 그런 사실을 잘 알고 있는 우민과 박은영은 항상 손석민에게 감사하는 마음을 가졌다.

"호호, 사장님이 도와주신 덕분에 적응하는 데 정말 큰 도움이 되고 있습니다."

"이거 낯부끄러워서 더 이상 들을 수가 없네요. 어서 안으로 들어가시죠. 아마 깜짝 놀라실 겁니다."

손석민이 앞장서고, 우민, 박은영이 뒤를 따라 서점으로 들어섰다.

—Children of Africa

—Fantastic! Amazing! Incredible!

—Be careful!

—광활한 아프리카 대륙의 뜨거움에 당신의 심장이 불타 없어져 버릴지도 모른다.

—댄 브라운.

서점 정문을 들어서자마자 바로 앞에 홍보용 플래카드가 붙어 있었다.

그리고 플래카드 바로 밑에 '아프리카 아이들' 책이 산더미처럼 쌓여 있었다.

정문.

서점에 들어오는 사람이라면 한 번씩 지나칠 수밖에 없는 가장 좋은 자리에 우민의 책이 진열되어 있었다.

놀란 박은영이 우민의 손을 힘주어 잡았다.

"우민아……."

불현듯 한국에서 처음 책이 나왔을 때가 떠올랐다. 서점 안쪽에서도 사람들이 잘 지나다니지 않는 외진 곳에 꽂혀 있던 우민의 책.

사실 속으로는 얼마나 마음이 아팠는지 모른다.

하지만 우민이 앞이라 참고 또 참았다. 일부러 밝은 척했다. 어린 나이에 책을 낸 것만으로도 대단하다며 칭찬해 주었다.

몇 년 만에 상전벽해의 일이 벌어졌다.

우민도 그때의 기억을 떠올리는지 입술을 질끈 깨물며 터질 듯한 감정을 억눌렀다.

구석진 곳에서 가장 눈에 띄는 중심으로 자신의 책이 이동해 있다.

"엄마, 내가 쓴 책 맞아."

손석민이 쌓여 있는 책 앞으로 다가가 한 권을 집어 들었다.

"역시 대형 출판사라 다르더군요. 마케팅도 아주 과감하게 해줬습니다."

말은 저렇게 하지만 뒤에서 어느 정도의 수고로움이 있었는지 짐작조차 되지 않았다.

우민이 꾸벅 고개를 숙였다.

"감사합니다, 아저씨."

"하하, 감사는 무슨. 당연히 해야 할 일이지. 뉴욕 타임스 베스트셀러 순위도 차근차근 올라가고 있으니까, 앞으로 더욱 기대해도 좋아. 여기는 시장 규모 자체가 다르다고. 네가 말했던 대로 미국에서의 1등이 세계 1등이니까."

손석민이 뿌듯한 미소를 지어 보였다. 처음 '빌보드'나 '아마존'을 이야기했을 때는 사실 약간은 허황된 이야기라 생각했다. 하지만 이제는 아니다.

이 아이가 하는 말 중에 현실이 되지 않는 건 없다.

"어머님도 가까이 와서 보세요."

박은영이 책 한 권을 집어 들어 살펴보았다. 온통 영어로 쓰여 있어 잘 알아볼 수가 없었다.

그래도 아들의 이름만은 똑똑히 눈에 각인되었다.

—Yu Min Lee.

함께 쓴 친구의 이름도 적혀 있었지만 박은영에게는 들어오
지 않았다.

"그래, 맞구나. 네가 쓴 게 맞……."

벅차오르는 감동에 호흡이 절로 커졌다. 그렇게라도 하지
않으면 금방이라도 눈물샘이 차오를 것 같았다.

무엇 하나 제대로 해준 것도 없는 것 같은데, 머나먼 타국
에 와서 책을 출간하고 한국에서보다도 큰 성공을 거두는 중
이다.

자랑스럽고, 미안하고, 기특했다. 박은영이 입을 떼지 못하
고 가쁜 숨을 몰아쉬고 있자 우민이 걱정스럽게 물었다.

"엄마, 괜찮아?"

"우리 우민이 덕분에 엄마가 너무 기쁘구나. 지금 마음 같
아서는 죽어도 여한이 없을 것 같아."

박은영의 서투른 표현 때문일까. 우민이 빽 소리를 질렀다.

"무슨 말도 안 되는 소리야! 그런 소리 하지 마!"

"엄마는……."

자신은 대학도 태권도학과를 나왔다. 글이라고는 학생 시
절 교과서를 읽은 게 다였다. 그것마저도 운동을 한다고 제대

로 보지 않았다. 자식에 비해 한없이 모자람에도 이렇게 성장한 우민에게 몇 마디 말이라도 해주고 싶었지만 이 순간을 어떻게 표현해야 할지 떠오르지가 않았다.

그런 박은영의 마음을 알기라도 하듯 우민이 '와락' 박은영을 껴안았다.

"괜찮아. 그냥 이렇게 건강하기만 하면 돼. 건강하게 오래오래 살아서 나 장가가는 것까지 봐야지."

박은영은 흘러내리는 뜨거운 눈물을 닦을 생각도 하지 못하고, 한동안 우민을 안은 채 그 자리에 가만히 서 있었다.

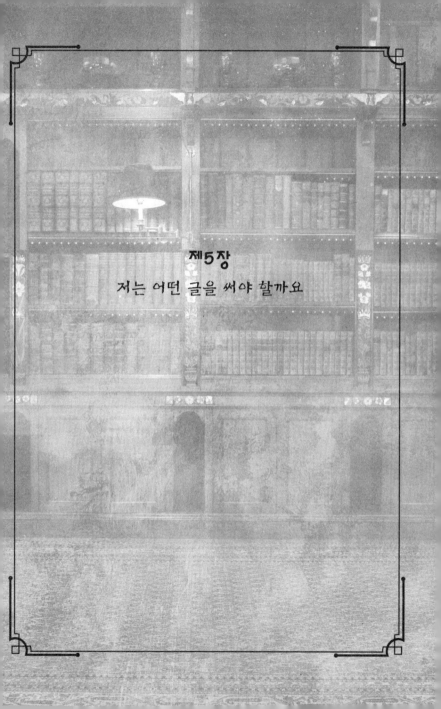

제5장

저는 어떤 글을 써야 할까요

　—이야기를 처음 떠올리신 게 언제였나요?

　—이곳에 오기 전 비슷한 이야기를 써놓은 게 있었습니다. 다만 배경이 달랐습니다.

　—아! 옆에 있는 쿠에시 군에게 도움을 받았다는 게 그 부분인가요?

　—맞습니다. 아프리카에서 온 쿠시 덕분에 리얼리티를 살릴 수 있었습니다. 이야기도 더욱 풍성해지고, 사람들의 호기심을 자극할 수도 있었고요.

　—흠… 그 호기심을 자극한다는 의도가 어떤 문학 평론

가들 사이에서는 '지독하게 상업주의만을 쫓았다'라는 평
가를 받고 있는데요. 여기에 대해서는 어떻게 생각하시나
요?

인터뷰를 읽어 내려가던 남자는 쓰고 있던 안경을 벗어 모
니터 앞에 던져놓았다.

눈이 시큰거리는지 몇 번의 마사지를 하고 의자 깊숙이 몸
을 기댔다. 다시 안경을 쓰고 책상 위에 놓여 있는 책들을 읽
어나갔다.

달에서 온 소년.

노인의 땅.

지하철.

이미 읽은 수십 권의 책들이 산더미처럼 쌓여 있었다. 남자
가 책을 덮으며 다시 쓰고 있던 안경을 벗어놓았다.

"올해도 상을 줄 만한 작품이 없어."

미국도서비평가상.

1976년부터 미국도서비평협회가 영어로 출간된 작품을 대
상으로 시상하는 상이다.

미국 4대 문학상인 내셔널 북 어워드, 펜/포크너 상, 헤밍웨
이 재단 상 중의 하나로 요리책이나 자기 계발서 등은 제외되

며, 시, 소설 등과 같은 오로지 문학적 가치만을 따진다.

남자의 이름은 라일 카터.

미국 문학 평론계에서 당당하게 한자리를 차지하고 있는 인물이었다.

라일이 책더미 속에서 '아프리카 아이들'을 꺼내 들었다.

"이런 감성팔이 책 따위가 베스트셀러라고 미친 듯이 팔려 나가다니."

어이가 없다는 듯 중얼거리던 라일이 의자 깊숙이 몸을 기댔다.

"이게 다 출판사 놈들 때문이야⋯⋯."

미국 대부분의 출판사가 작가를 대하는 태도는 오로지 한 가지로 결정된다.

판매 부수.

판매 부수가 적으면 아무리 이름이 알려져 있어도 직접 출판사를 찾아가야 하고, 판매 부수가 많다면 아무리 이름 없는 무명작가여도 5성급 호텔을 잡아주는 곳이 바로 미국의 출판사다.

당연히 시중에는 인간에 대한 진지한 고뇌와 성찰, 사회에 대한 심도 깊은 고민보다는, 자극적이고 단발성 쾌락을 중시하는 글들이 넘쳐난다.

"젠장, 술이나 마시러 가야겠다."

라일은 빠르게 옷을 챙겨 들고 집 근처 술집을 향했다. 그 곳에 가면 자신의 오래된 술친구를 만나 미국 문학에 대한 이 야기를 실컷 할 수 있다.

*   *   *

교정에 앉아 펜을 놀리던 우민의 뒤로 불쑥 긴 그림자가 드리웠다.

"워!"

가까이 다가온 카타리나가 큰 소리를 내며 장난을 쳤지만 우민은 미동도 하지 않았다.

우민의 무반응에 시큰둥해진 카타리나가 '털썩' 옆자리에 앉았다.

이내 우민이 잡고 있는 펜으로 시선이 향했다.

"어라? 이거 몽블랑 스페셜 에디션 아냐?"

몽블랑.

만년필, 볼펜 등을 생산하는 세계적인 브랜드로 비싼 제품 은 만년필 하나에 천만 원을 호가한다고 알려져 있다.

우민의 제품은 몽블랑 스페셜 에디션으로 약 100만 원가량 하는 제품. 카타리나는 한눈에 우민이 들고 있는 볼펜의 가치 를 알아보았다.

슥슥.

소리를 내며 글씨가 부드럽게 흘러내렸다. 쓰고 있다는 생각도 들지 않을 정도로 볼펜은 부드러웠다.

볼펜의 성능에 글을 써 내려가는 우민도 놀랄 정도였다.

"여기 보이지? 내 이름 음각되어 있는 거."

우민이 들고 있던 펜을 카타리나의 눈 가까이로 들이밀었다. 유려한 필기체로 정확하게 우민의 이름이 각인되어 있었다.

"우와, 뭐야. 선물 받은 거야?"

"출판사에서 준 거야. 쿠에시도 받았어."

펜을 살피던 카타리나가 물었다.

"이 정도 대우면 책 엄청 팔렸다는 말이지? 너 이제 부자 되는 거야?"

"그래도 너희 집만 하겠어?"

트렐로 스쿨은 일반 학생으로 입학하면 매달 수업료만 오백만 원이 넘는다.

카타리나도 분명 재능이 뛰어난 학생 중 한 명이지만 특별 전형 입학 대상자는 아니었다.

매달 오백만 원의 수업료를 부담하고 있다는 뜻이다. 카타리나는 집안에 대한 이야기는 하고 싶지 않았는지 빠르게 말을 돌렸다.

"뭐야, 또 어떤 글 쓰는 거야? 이번에는 나랑 같이 쓸까?"

"하하, 아니. 공저가 생각보다 힘들더라. 되도록 안 하려고."

우민의 말에 카타리나는 실망한 기색이 역력했다. 금세 다시 감정을 추스른 카타리나가 우민이 쓰고 있던 공책으로 눈을 돌렸다.

"울분?"

제목란에 써져 있는 단어였다.

*　　　*　　　*

술집에 도착한 라일이 익숙하게 구석진 자리로 이동했다. 이미 예상대로 자신의 절친 노아 테일러가 위스키를 홀짝이고 있었다.

"여어, 왔구먼."

노아도 반가운 듯 손을 들었다. 외투를 벗은 라일이 자리에 앉자마자 주문했다.

"같은 걸로."

이내 도착한 금빛 위스키를 크게 한 모금 마신 라일이 긴 한숨을 내쉬었다.

노아가 술을 홀짝이며 물었다.

"왜, 오늘 또 무슨 일이기에 그렇게 고민 가득한 얼굴을 하고 있나."

"얼마 전에 비평을 해달라는 의뢰가 하나 왔어."

"그래서."

"그래서 해줬지. '지독하게 상업주의만을 쫓았다', '감성팔이에 특화된 줄거리', '두 번 읽고 싶지는 않은 책' 뭐 이렇게."

노아가 피식거리며 웃음을 흘렸다.

"자네의 옹고집을 누가 말리겠어."

"그랬더니 또 SNS에서 난리가 났네. '눈물을 흘리며 두 번 읽은 자신은 뭐가 되냐', '비평이라는 이름으로 신인 작가 깔아뭉개기냐?', '누구한테 돈 받고 그딴 소릴 지껄이냐' 등등."

"푸하하, 테러를 당했구먼."

라일은 목이 타는지 위스키를 한 모금 더 마셨다.

"시대를 따라가 보려 해도, 시대가 나를 거부해."

노아가 안타깝다는 듯 중얼거렸다.

"그러게 내가 몇 번이나 말하지 않았나. 자네는 그냥 배에 탄 손님이라고. 운전을 하려 하지 말고, 그저 가는 대로 따라가라고 말이야."

"그게 안 돼, 나는 그게 안 된단 말일세."

"안 되면 뭐, 평생 그리 살아야지 어쩌겠어. 그런데 제목이 뭐였는데?"

"자네도 알걸. 뉴욕 타임스 베스트셀러에 올라 있는 '아프리카 아이들'."

"아… 그 책?"

"맞아. 내 살다 살다 감성팔이도 이런 감성팔이는 본 적이 없어. 이건 작정을 하고 덤벼드는 꼴이야."

노아는 굳이 자신이 알고 있는 소년이라 밝히지 않고 다시 물었다.

"그게 그 정도였나?"

"몰라, 말도 하기 싫으니 더 이상 묻지 말게. 그나저나 자네가 말한 그 소년 이야기나 해보게. 자네와 나를 충격에 빠뜨린 에세이를 써낸 그 소년은 지금 뭘 하고 있나?"

노아는 자신도 모르게 실소를 흘렸다. 뭐라고 대답해야 할까. 사실대로 말해주기에는 뭐랄까, 너무 싱거웠다.

"아마 지금쯤 학교에서 글을 쓰고 있지 않을까?"

노아는 이야기의 묘미를 위해 굳이 모든 것을 말하지 않았다. 그저 짓궂은 미소를 지어 보이며 말했다.

"자, 술이나 들게."

라일도 술잔을 들었다.

*   *   *

"내가 이곳에 와서 가장 처절하게 느끼고 있는 단어야. 울분."

카타리나가 이상하다는 듯 우민을 바라보았다.

기회의 땅, 미국에 와서 울분을 느끼다니 그게 무슨 말인가.

"먼저 학교부터 살펴볼까? 월 오백만 원의 수업료를 내고 다니는 아이들에서부터 굶어 죽기 직전의 아이들이 같은 공간에 있어."

카타리나가 더 말해보라며 눈짓했다.

"잘사는 쪽은 잘사는 아이들대로, 가난한 아이들은 가난한 아이들대로 답답하고 분해. 서로에게는 자기만의 사정이 있는 법이니까."

"그… 래서?"

"범위를 살짝 넓혀볼까? 아메리카 드림으로 대표되던 미국은 이제 장벽을 쌓지 못해 안달이 난 나라가 되었어. 미국 내 심화되는 양극화의 원인을 외부로 돌려 분노를 표출할 대상을 만드는 거지."

카타리나는 내심 놀라고 있었다. 그리고 평소 표정을 감추지 못하는 습관대로 얼굴과 온몸을 다해 '나 놀라고 있다'라고 표현하고 있는 중이었다.

이게 정녕 뉴욕 타임스 베스트셀러에 오른 14살이 할 이야기인가?

"내 눈에는 약자도, 강자도 한껏 화가 난 것처럼 보여."

한껏 거만하고, 잘난 체를 해도 모자를 판에 '시대'를 생각하고 있다.

카타리나의 동그랗게 커진 눈을 보며 우민이 말을 이었다.

"울분. 그래서 제목이 울분이야."

잠시 생각에 잠겨 있던 카타리나가 말했다.

"이번 건… 꽤나 어려운데?"

"맞아. 어려워. 아마 너 정도 어휘력을 가지고 있어야 그나마 책에 쓰인 단어나마 이해할 수 있을 거야."

"…잘난 체 안 한다는 거 취소."

"하하, 사실인걸."

웃어 보인 우민이 대뜸 영어 단어를 말해 나갔다.

"Periphrastic, Prolix Lackadaisical, Cantankerous. 어때, 알겠어?"

카타리나가 소심하게 한 단어를 중얼거렸다.

"Prolix, 장황하다?"

"하하, 맞았어. 역시 똑똑한데? 이번 건 무척 어려운 내용이될 거야."

카타리나가 걱정스럽다는 듯 물었다.

"어려우면 잘 안 팔리는 거 아냐?"

우민이 가볍게 실소했다. 자신을 걱정스럽게 바라보는 카타리나가 귀엽게만 느껴졌다.

"하하, 이건 많이 팔기 위해서 쓰는 게 아니야. 너도 글을 써봤으면 알 거야. 내 안에 쌓여 있는 무언가들을 미칠 듯이 꺼내고 싶다는 감정. 이건 그 감정의 산물이야. 뭐랄까. 대중들의 입맛에 맞추기 위해 노력한 나에게 주는 작은 선물 같은 거랄까?"

듣고 있던 카타리나가 이번에는 잔디밭 교정에 털썩 누워버렸다.

"그런 나한테 주는 선물은?"

"응?"

걱정스럽던 표정이 급변했다.

"친한 친구에게 주는 선물은 없어? 쿠에시는 나에게서 글을 쓰는 콘텐츠를 많이 얻었다며 주말에 옷 사다 줬는데 너는 뭐 없냐?"

마치 맡겨놓은 걸 내놓으라는 듯 한 말에 우민은 다시 한번 실소를 흘렸다.

함께해 온 시간들 덕분일까. 그렇다고 얄밉다는 생각까지는 들지 않았다. 오히려 뭐라도 하나 해주는 게 좋지 않을까 하는 생각마저 들었다. 자신도, 쿠에시도 카타리나에게 알게 모르게 도움을 받은 건 사실이다.

당장 준비한 게 없었던 우민은 대뜸 목청을 가다듬었다.

"음… 음음."

"왜, 뭐야."

목청을 가다듬은 우민이 옆자리에 누워 있는 카타리나를 보지 않은 채 한 단어씩 정성스레 읊어나갔다.

타냐에게.
향기로운 관계가 주는 즐거움에 흠뻑 빠졌다.
빠져나오려 해도 묻어버린 체취는 사라지지 않았다.
장엄한 시간 뒤, 향기마저 희미해진다 해도
싱그러움 가득 담아 '타냐' 널 만나러 가겠다.
그렇게 하겠다.

듣고 있던 타냐는 아무 말도 하지 않았다. 그저 눈을 감고 묵묵히 듣고만 있었다.

우민이 주는 선물에 온몸이 마비된 것처럼 옴짝달싹할 수가 없었다.

두 눈을 꼭 감고, 두 손을 꽉 쥐었다.

"이 시의 소유권을 너에게 줄게. 10년만 지나면 최소한 '만 달러'는 넘지 않을까?"

푸슈우.

'만 달러'라는 말이 바늘이 되어 긴장감 팽배하던 분위기를 찔렀다.

"야!"

"하하, 부족해? 그럼 한 오만 달러?"

구멍은 커지기만 했고, 빠져나간 공기는 되돌아오지 않았다. 그래도 싫지 않았다. 카타리나는 이 순간이 즐겁다는 것만으로 충분히 만족했다.

$$* \qquad * \qquad *$$

삼 개월 후.

1월이 되자 얇은 겉옷을 입지 않으면 추운 쌀쌀한 날씨가 되었다.

주말.

학교로 찾아온 손석민이 두 팔을 활짝 벌리며 말했다.

"150만 권 돌파했다!"

뉴욕 타임스 베스트셀러에 올라선 이후 책은 날개 돋친 듯 팔려 나갔다.

우민이 포옹을 살짝 피하며 악수를 청했다.

"하하, 아저씨가 수고 많으셨어요. 그리고 제가 말씀드렸잖아요. 만 부 정도는 가볍게 넘길 거라고."

뒤따라 나온 쿠에시가 손석민과 가볍게 포옹했다.

"보내주신 물품들은 잘 받았어요. 가족들이 무척 좋아하세요."

"하하, 뭘 그런 걸 다. 우리 작가님 일인데 당연히 챙겨야지."

손석민은 쿠에시의 신변에 관한 일들도 처리해 주었다. 아프리카에 필요한 물품들을 보내주고, 쿠에시의 가족들을 미국으로 이주시킬 방법도 알아보는 중이었다.

쿠에시가 절실함을 담아 말했다.

"정말 가족들까지 이곳으로 올 수 있다면 이 은혜 평생 잊지 않을게요."

진심이 담긴 말에 손석민도 표정을 굳히며 진지하게 답했다. 할 수 있다, 잘하고 있다 같은 어설픈 위로가 아니라 당면한 현실을 정확하게 알려주는 것이 이 아이에게도 도움이 될 거라 생각했다.

"쿠에시, 여기는 자본주의를 사랑하는 나라 미국이다. 너는 세 달 만에 450억을 벌어들이는 능력을 보여주었어. 이게 일회성이 아니라는 것만 증명된다면, 내가 나서지 않아도 가족들은 미국으로 올 수 있을 거다."

450억.

책 한 권의 가격이 25달러, 약 3만 원이다. 150만 권을 팔았으니 450억가량의 매출을 일으킨 것이다.

하지만 혼자 한 건 아니다.

"우민이 도움을 받지 않아도 되도록 정말 죽도록 해볼게요."

단단해진 눈빛에서 해내고야 말겠다는 의지가 느껴졌다.

"그래, 한 번, 딱 한 번만 더 이 수준으로 책이 팔린다면 충분할 거다."

말을 마친 손석민이 타고 왔던 차 문을 열었다.

"자, 그럼 출발하자. 이러다 늦겠어."

"잠까아안!"

카타리나였다. 어깨까지 내려오는 적갈빛 머리칼을 휘날리며 뛰어오고 있었다.

우민이 자연스레 쿠에시를 바라보았다. 쿠에시가 머리를 긁적였다.

코앞까지 달려온 카타리나가 숨을 고르지도 않고 속사포처럼 말을 쏟아냈다.

"나, 나도 같이 가. 나도 북 페어 보고 싶단 말이야. 왜 나는 빼놓는 건데."

우민이 카타리나보다 빠른 속도로 말했다.

"구경하러 가는 게 아니라 일하러 가는 거니까. 트렌드를 파악하고, 다른 작가들과 교류하며, 대중들에게 어떤 책이 팔릴지 고민해야 하니까. 그래야 더 많은 책을 팔 수 있는 작가가 될 테니까."

잠시 숨을 내쉰 우민이 슬쩍 쿠에시를 보고는 말을 이었다.

"우린 가서 성과를 내야 해. 노닥거리고 구경할 시간은 없다."

이건 카타리나에게 하는 말이자 쿠에시에게 하는 말이었다. 죽도록 하는 걸로는 아무것도 이룰 수 없다.

잘해야 한다.

우물쭈물하던 카타리나가 소심하게 반항했다.

"나, 나도 가서 일할 거야."

"네가 무슨 일을 하는데?"

분위기를 주시하던 손석민이 어색하게 웃으며 한마디 거들었다.

"하, 하하. 이런 미인인 친구가 나와 같이 부스에 있어주면 꽤 도움이 될 것 같은데, 내가 알바비는 두둑하게 주마."

셋의 시선이 다시 우민에게로 향했다. 카타리나가 조심스럽게 입을 열었다.

"나, 나한테 온다며. 그렇게 하겠다며."

선물했던 시 이야기. 밀려올 것 같은 두통에 우민이 이마를 짚으며 짧게 한숨을 내쉬었다.

"그래, 가자. 가. 같이 가자."

그제야 얼어붙었던 공기가 다시 녹아내렸다. 평소의 활기참을 회복한 카타리나가 열려 있던 차 문으로 쏙 들어갔다.

"뭐 해, 어서 타지 않고. 허리 업!"

이어서 우민과 쿠에시가 차에 오르자, 손석민의 레인지 오버 이보크가 힘찬 엔진음과 함께 도로 위를 질주했다.

*　　　　*　　　　*

LA Book Fair.

도심지 한복판에서 열리는 출판사, 작가, 독자들을 위한 축제로 유명 작가의 사인회, 실험적인 책들의 소개, 강연 등으로 이루어진 일종의 도서 박람회다.

손석민은 더블유 에이전트의 사장으로 부스까지 신청했다.

부스에 책상을 설치하고 가져온 책들을 진열하는 등등의 궂은일을 카타리나는 군말 한번 하지 않고 묵묵히 해나갔다. 이마에서 굵은 땀방울이 흘러내리도록 연신 몸을 놀렸다.

"우민이는 다른 데 갔으니까 쉬엄쉬엄해도 돼."

카타리나가 그제야 잠시 의자에 앉아 스트레칭을 시작했다.

"아고고, 카타리나 죽는다."

"하하, 힘들면 쉬지 그러니. 아저씨 혼자 해도 된다."

카타리나가 아줌마처럼 팔다리를 주무르며 말했다.

"그랬다간 그 녀석 눈치에 제가 말라죽어요."

"괜찮다, 괜찮아. 그 정도로 미움 사진 않을 거야."

의자에 잠시 앉아 땀을 식히던 카타리나가 다시 자리에서 일어났다. 그러고는 자신이 정신없이 옮기던 책을 한 권 집어 들었다.

"아프리카 아이들은 알고 있는데 이것도 출판됐어요?"

Indignation.
울분.

우민이 쓰던 책이었다. 하지만 저자가 달랐다.
Yu Min Lee가 아닌 Min Yu.
처음 보는 이름이었다.

"우리 출판사 신인 작가야. 우민이와 쿠에서 뒤를 이을 친구지."

책을 보던 카타리나가 이상하다는 듯 고개를 갸웃 거렸다.

"이건 예전에 내가 본 제목이 맞는데… 제목만 같은 건가."

손석민은 뭔가 아는 눈치였지만 끝까지 말해주지 않았다. 그저 웃는 얼굴로 그만 일하고 쉬라며 카타리나를 자리에 앉혔다.

*   *   *

북 페어에 초청받은 노아와 라일은 볼티모어에서 비행기를 타고 6시간을 이동해 왔다.

전날 도착해 관광을 마친 둘은 북 페어가 열리는 컨벤션 홀로 들어섰다.

"그 친구도 오늘 온다고 했지?"

"그렇다니까. 벌써 몇 번째 물어보는 건가."

라일이 아이처럼 불평했다.

"이게 다 자네가 꽁꽁 감춰두고 알려주질 않아서 그런 거 아냐."

노아가 너털웃음을 터뜨렸다.

"하하, 숨겨두다니 무슨. 여기서 만나기로 했으니 일단 천천히 둘러보도록 하지."

두 사람은 앞서거니 뒤서거니 하며 부스들을 둘러보았다. 책 자체가 하나의 장난감으로 사용될 수 있는 완구 형태의 책에서부터 핸드폰을 가져다 대면 소리가 나오는 최신 기술이 접목된 책까지 여러 종류의 책들이 전시되어 있었다.

종종 아는 사람과도 인사를 나누며 걷다 보니, 라일이 혹평했던 '아프리카 아이들'이 전시되어 있는 곳에 도착했다.

노아가 먼저 발견하곤 라일에게 말했다.

"저기, 자네가 혹평했던 그 책 아닌가?"

책을 보자마자 라일이 눈살을 찌푸리며 그냥 지나치려 했다.

"그냥 가지."

노아가 짓궂게 웃으며 라일을 잡아끌었다.

"나는 아직 읽어보질 않아서, 한번 가봐야겠어."

부스 이름을 보니 더블유 에이전시.

아마 작가가 소속된 에이전트인 모양이었다. 북 페어에서 빅3에 드는 부스를 가지고 있는 잉크 출판사에서도 대대적인 홍보를 하고 있었다.

여기저기 홍보 전단이 붙어 있는 통에 그렇지 않아도 마음이 언짢던 참이었다.

"그냥 가자니까."

비록 정당한 평가라 생각해도 자신이 박한 평가를 한 작가와 만나는 건 불편한 일. 라일은 피하려 했지만 노아가 한사코 그를 더블유 에이전시로 이끌었다.

손석민이 먼저 노아를 반겼다.

"어서 오세요."

함께 부스에 앉아 있던 카타리나의 두 눈이 동그랗게 떠졌다. 누군지 아는 눈치.

"호, 혹시 미스터 테일러 아니세요?"

"맞아요. 하하."

"자, 작가님 팬이에요. 지, 진짜 보고 싶었는데."

"내 책이 소녀들이 읽기에는 적절치 않은 내용일 텐데."

노아를 세계적인 작가로 만들어준 '가버린 여자'는 멜로와 에로의 경계에 있는 내용이 많았다.

평단의 호평과 대중들의 사랑을 받았지만 자라나는 청소년들이 읽기에는 적절치 않은 내용도 상당 부분 포함되어 있었다.

"아니에요. 여자 주인공이 남자 친구와 사랑을 나누는 내용은 정말… 엠마 선생님이 꼭 보라며 추천해 주셨어요."

"아, 트렐로 스쿨?"

"네. 맞아요!"

옆에서 꿔다 놓은 보릿자루 취급을 받던 라일은 진열되어 있는 책들을 뒤적거렸다.

아프리카 아이들이 부스의 2/3을 차지하고 있었고, 나머지를 '울분'이라는 제목의 책이 차지하고 있었다.

책을 들어 첫 장을 펼쳐 보았다.

―세상을 경험할수록 쌓여만 가는 분노를 참을 수 없었다.

목차

1. 전학

2. 부적응자

3. 도전

……．

내용 자체도 색달랐다.

소설 속의 학교는 명문 학교라는 위상을 자랑하기 위해 학교 바깥으로 울타리를 올리고, 전학생은 일절 받지 않았다.

전학이 인정되는 경우는 최고의 전문가들에게 인정받은 영재 중에서도 영재.

이야기는 천재로 태어난 주인공이 학교에 입학하는 순간부터 시작한다.

책을 살피던 라일이 떨리는 목소리로 물었다.

"이거… 누가 썼습니까?"

"민우라는 저희 에이전시 소속 작가입니다."

"시중에서 보질 못했는데… 출판된 게 아닌가 보죠?"

"보시다시피 내용이 난해해서 '페이퍼백'으로만 출판된 상태입니다. 아! 아마존에서 전자책으로도 보실 수 있습니다."

미국은 종이책에도 두 가지 종류가 있다.

흔히 양장본으로 알고 있는 하드커버. 그리고 질이 좋지 않은 종이를 엮어 만든 '페이퍼백'.

'페이퍼백'의 제작 비용이 훨씬 저렴했다.

카타리나와 담소를 나누던 노아가 시간을 확인하고는 라일에게 말했다.

"시간이 벌써 이렇게 됐구먼. 이제 만나러 갈 시간이네."

라일이 급히 값을 치르고는 '울분'을 한 권 구입했다.

        *   *   *

둘이 도착한 곳은 북 페어 한 곳에 마련된 강연장. 앞쪽으로 거대한 스크린이 내려와 있었고, 단상에서는 발표 준비가 한창이었다.

노아가 발표 준비를 하고 있는 우민을 가리켰다.

"저기, 저 친구네."

라일이 행사 진행표를 한 번 보고는 다시 노아를 바라보았다.

아프리카 아이들의 저자, Yu Min Lee.

Title: 어떤 글을 써야 하는가.

라일은 이제야 눈치챈 듯 노아를 원망스럽게 바라보았다.

"자네!"

"하하, 그렇게까지 혹평을 하는데 무서워서 말을 할 수가 있어야 말이지."

절로 언성이 높아졌다.

"아니, 그래도… 귀띔이라도 해줘야 하는 거 아닌가!"

노아가 짓궂은 웃음을 지어 보이며 앞쪽을 가리켰다.

"시작하네. 조용조용."

발표 준비가 끝났는지 우민이 단상 앞에서 마이크를 잡았다.

"안녕하십니까. 아프리카 아이들의 공저자 중 한 명인 이우민입니다."

우민은 천천히 또렷하게 말을 이어나갔다.

"먼저, 어린 나이에 이곳에 설 수 있는 기회를 주신 북 페어 운영진 여러분들께 감사드립니다."

우민이 강연장 앞에 앉아 있는 사람들을 한눈에 훑었다. 노아가 반갑다는 듯 손을 흔드는 모습이 보였다.

"어떤 주제로 발표를 할까 고민하던 차, 마침 제 나름대로 실험하고 있던 내용이 있어 오늘 발표의 주제로 삼았습니다."

피피티의 슬라이드가 한 장 넘어갔다.

아프리카 아이들, 울분.

두 권의 책 표지 이미지가 나타났다. 그 옆에는 상세한 설명까지 붙어 있었다.

상업적. 비상업적.

인기작. 비인기작.

"우민이라는 이름으로 아프리카 아이들을, 민우라는 이름으로 울분이라는 책을 각각 출판해 보았습니다. 역시나 예상대로 아프리카 아이들은 출판사들의 러브콜을 받으며 승승장구, 울분은 저희 에이전시도 처치 곤란할 정도로 재고가 쌓여 울상인 상태가 되었습니다."

우민이 들고 있던 리모컨을 눌러 슬라이드를 한 장 넘겼다.

"그렇다면 문단의 반응은 어땠을까요? 한번 살펴보겠습니다."

—지독한 상업주의만을 쫓았다.

—두 번 다시 읽고 싶지 않다.

"한 평론가의 아프리카 아이들에 대한 비평이었습니다."

다시 슬라이드 한 장을 넘기자 울분에 대한 평가가 나타났다.

—화려한 속에 단아함이 감춰져 있는 문체만으로도 읽어봄직하다.

—난해한 단어에 속아 이 책을 건너뛴다면 일생일대의 실수를 하고 있는 것이다.

"보시다시피 칭찬 일색이었습니다. 소신을 지키시는 평론가분들께 받은 것이니 틀림없을 겁니다."

우민이 단상 위에 놓아두었던 두 책을 집어 들었다.

"이렇게 아프리카 아이들과 울분은 극과 극의 반응을 보였습니다. 물론 제가 의도한 바이기도 합니다. 어중간하게 두 마리 토끼를 잡을 바에야 한 마리라도 제대로 잡아보자."

우민이 발표를 이어나갔다.

"다시 발표 주제로 돌아와 보겠습니다."

—저는 어떤 글을 써야 할까요?

—그리고 여러분은 어떤 글을 써야 할까요?

"두 가지 중 어느 것을 선택해야 할까요? 어쩌면 답은 정해져 있을지도 모르겠습니다."

우민이 다시 슬라이드를 한 장 넘겼다.

—둘 다 만족시키는 글.

"다행히도 아직 저는 15살입니다."

우민의 농담에 반응한 것인지 강연장에서 몇몇이 웃음을 터뜨렸다.

우민이 발표의 마지막 말을 이어나갔다.

"그걸 위해 노력해 나가겠습니다."

노아는 짓궂은 미소를 짙게 지으며 옆자리에 앉아 있던 라일을 바라보았다.

라일이 입술을 훑으며 입맛을 다셨다. 옆에 위스키가 있었다면 당장에라도 한 병을 다 마셔 버릴 것 같은 기색이었다.

*　　　　*　　　　*

발표가 끝나고 몇몇 사람들의 질문이 이어졌다.

그렇게 몇 분이 더 지나고 나서야 우민이 단상에서 내려왔다. 뒤로 들리는 박수 소리로 추측컨데 발표에 참석한 사람들도 꽤나 만족한 듯싶었다.

우민은 잘 끝났다는 안도감에 얕은 한숨을 내쉬며 대기실로 향했다.

그리고 문을 열자마자 살짝 한 발 뒤로 물러났다.

"…좁은 대기실에 왜 이렇게 모여 있는 겁니까?"

모여 있는 면면도 간단치가 않았다.

유명 작가인 노아 테일러, 그의 친구이자 평론가 라일 카터, 잉크 출판사의 사장 블레이크 필립, 그리고 어느새 도착해 있는 딘 브라운까지.

그 속에 카타리나도 손석민, 쿠에시와 함께 한자리 차지하고 앉아 조심스레 손을 흔들어 보였다.

가장 먼저 잉크 출판사 사장 블레이크 필립이 손을 내밀며 악수를 청했다.

"으하하, 우리 출판사 기대주께서 드디어 오셨군. 직접 만나는 건 처음이지?"

백발이 성성함에도 호탕하다 못해 우렁찬 웃음소리를 자랑했다.

우민이 재킷 안쪽에 가지고 있던 볼펜을 꺼내 들며 말했다.

"전해주신 볼펜은 잘 받았습니다. 확실히 비싼 값을 하더군요."

"그렇지. 그런 게 바로 선순환 아니겠나. 좋은 글을 쓰고, 좋은 환경에서 더 나은 글을 쓰고. 앞으로도 '아프리카 아이들' 같은 글들 많이 써주길 바라네. 다른 잡음들은 신경 쓰지 말고 말이야."

마지막에 덧붙인 말 때문일까. 라일이 욱하며 한마디 하려는 걸 노아가 말렸다.

함께 있던 딘 브라운이 노아를 대신해 말했다.

"하하, 블레이크, 방금 전 우민의 발표 못 들었습니까? 두 마리 토끼를 다 잡겠다고 했잖아요."

"으하하하, 기대하지. 앞으로도 이렇게만 해준다면 전폭적인 지원을 아끼지 않겠네. 아 참! 그리고 미스터 아난?"

"아, 네."

"자네 가족들의 이민 문제에 관해서도 들었네. 가장 빠르고 확실한 방법은 혹시 들었을지 모르겠지만 '투자 이민'이야."

투자 이민.

50만 달러, 또는 100만 달러 이상을 미국에 투자하여 사업체를 세우고 고용을 창출하는 방법으로 이민하는 방법 중 하나였다.

간단하게 많은 돈을 투자할수록 이민은 간단해진다.

손석민에게 들어서 알고 있던 쿠에시가 고개를 끄덕였다.

"어떤 내용인지는 들었습니다."

"그렇다면 이야기가 쉽지. 한 번 더 능력을 보여주게, 그러면 내가 전폭적으로 돕지."

말을 마친 블레이크가 우민에게 윙크를 보냈다.

"잠시 뒤, 사인회가 있으니까 잊지 말고 참석하게. 깜짝 놀랄 손님도 준비되어 있으니까."

블레이크가 나가고 딘 브라운이 인사를 해왔다.

"발표, 인상적으로 들었다. 손님이 많은 것 같으니 나는 다음 기회를 기약하지. 노아, 자네도 내 연락 좀 받아."

딘 브라운이 블레이크를 따라 나가고 나서야 작디작은 대기실에 공간이 생겼다.

*   *   *

평소 안면이 두껍다고 느끼던 라일도 쉽사리 먼저 말을 걸지 못했다.

노아가 나서서 둘을 소개시켰다.

"우민, 여기는 라일 카터. 이미 누군지 정도는 알고 있겠지? 자네 책인 '아프리카 아이들'에 대해 뭐라고 평했더라……."

라일이 황급히 헛기침을 하며 말을 막았다.

"흠… 어흠."

"하하, 이 친구가 비평은 독하게 할지 몰라도 성격은 여리디여린 친구야."

민망해하던 라일이 먼저 손을 내밀었다.

"라일 카터네. 앞으로 라일이라 부르게. 책은 아주 재밌게 읽었어. 단지……."

우민이 대신 나서서 라일을 변호했다.

"평가해 주신 부분들에 대해서는 저도 충분히 인정하고 있었습니다. 오히려 그런 면들을 의도적으로 강조한 부분들도 있었고요. 정확한 평가에 감사할 따름입니다."

머쓱해하던 표정이 풀린 라일이 가방에 넣어두었던 책을 꺼내 놓았다.

페이퍼백으로 만들어진 울분이었다.

"자네가 그렇게 말해준다면야, 그 이야기는 그만하지. 그런데 이 책 정말 자네가 쓴 건가?"

민우라는 필명으로 출판한 책이었다.

"맞습니다. 필명을 보시면 알겠지만, '민우'는 우민을 거꾸로 했을 뿐입니다."

라일이 꿀꺽 마른침을 삼켰다. 그래도 갈증이 해소되질 않는지 앞에 놓여 있던 음료를 벌컥벌컥 마셨다.

그런 뒤에야 천천히 입을 열었다.

"그랬군, 에세이에서부터 이 두 권의 소설까지… 모두 같은 사람이 쓴 거였어."

옆에 있던 노아가 빙그레 웃으며 말했다.

"하하, 어떤가? 내가 말했던 그대로 아닌가?"

"문학계를 발칵 뒤집을 거라는 말? 아니면 새로운 흐름을 만들어낼 거라는 말? 그래, 그 모든 말들이 사실이 될 수 있음을 내 인정하겠네."

노아는 통쾌하다는 듯 라일의 어깨를 툭 쳤다.

"이제, 평생 '스톤 월'에서의 술값은 자네가 계산해 줘야 하네."

스톤 월.

볼티모어에 위치한 둘이 자주 가는 술집이었다.

"알았네. 알았어."

우민이 둘 사이로 끼어들었다.

"제가 15살이라는 게 아쉽네요. 나중에 성인이 되면 저도 그 술집에 초대해 주세요."

"무, 물론이지. 자네가 온다면야 내 언제나 공짜 술을 대접하지."

옆에 있던 노아가 장난스럽게 한마디 던졌다.

"두 번 다시 보고 싶지 않다더니… 이제는 생각이 달라졌나 보지?"

"노아! 자네!"

노아의 장난스러운 농담 때문인지 대기실 내 분위기는 더할 나위 없이 훈훈해져 있었다.

＊　　　　　＊　　　　　＊

정장을 차려입은 한 무리의 사람들이 북 페어에 모습을 드러냈다.

"의원님, 이쪽입니다."

레이먼드 밀러 의원.

대니얼 밀러의 아버지이자, 공화당 소속의 4선 의원인 그가 LA 북 페어를 찾았다.

"북 페어에 생각보다 많은 사람이 오는군요. 이거 우리 미국의 미래가 한층 밝아 보입니다."

그의 곁에 있던 잉크 출판사 사장 블레이크가 장단을 맞추었다.

"이런 말도 있지 않습니까. 책을 읽는다고 해서 성공하는 건 아니지만 성공한 사람들은 모두 책을 곁에 둔다."

"하하. 맞아요. 백번 말해도 맞는 말씀입니다."

블레이크는 거기에서 한발 더 나아갔다. 그저 안면이나 익히고자 만난 게 아니다.

"이거 의원님과 제 생각이 통하는 면이 많네요. 그런 의미에서 나중에 자서전을 내실 때 꼭 저희 출판사로 부탁드립니다."

레이먼드 밀러의 자서전.

인기 정치인의 자서전은 계약금만 해도 10억 이상이 지급될 만큼 인기 콘텐츠였다.

블레이크의 관심도 거기에 있었다.

"하하, 기회가 된다면 연락드리겠습니다."

레이먼드는 노련한 정치인답게 어물쩍 받아넘겼다. 블레이크도 더 이상 질척거리지 않았다.

"여기까지 오신 김에 저희 회사 신인 작가 한번 만나보심이 어떠십니까? 동양인 소년인데 능력이 아주 출중합니다. 아메리카 드림이 죽지 않았다는 걸 보여주는 증거라고 할까요?"

그렇지 않아도 대통령의 반이민 정책으로 LA에 위치한 실리콘밸리 사업가들에게 정권이 미움을 받고 있는 상태다.

동양인 꼬마와의 사진 한 장 있는 것도 나쁘지 않을 것이다.

래이먼드가 고개를 끄덕이자 블레이크가 말했다.

"미스터 밀러도 트렐로 스쿨에 다니지 않습니까?"

레이먼드가 뒤를 돌아보며 말했다.

"대니얼, 아는 친구니?"

잉크 출판사의 신인 작가라면 두 사람밖에 없다. 대니얼의 표정이 서서히 똥 씹은 것처럼 변해갈 찰나, 레이먼드와 눈을 마주치고는 황급히 감정을 숨겼다.

"이미 알고 있는 친구들입니다. 북 페어라기에 예상은 하고 있었습니다."

블레이크가 특유의 우렁찬 웃음을 선보였다.

"으하하, 역시 명문 학교라 그런지 인재가 많군요."

인재라… 대니얼은 터져 나오려는 실소를 겨우 다시 감추었다.

　　　　*　　　　　*　　　　　*

　쿠에시 앞에 10명 정도가 줄을 선다면, 우민의 앞에는 30명 정도가 책을 들고 줄을 서 있었다.

　그것도 여성 팬이 대부분.

　사인회 뒤에 앉아 있던 카타리나가 곱지 않은 시선으로 우민을 노려보았다.

　"하! 참네, 요망하게 실실 웃는 것 좀 봐."

　뭐가 그리 마음에 들지 않는지 연신 투덜댔다.

　"사인만 해주면 될 것이지 시키지도 않은 포옹까지? 아주 신났네, 신났어."

　미국에서 동양인 남자를 이성으로 바라보는 시선은 거의 없다. 독하게 공부하는 모습 덕분에 nerd나 geek 같은 이미지가 형성되어 있는 경우가 대부분이다.

　하지만 '잘생김' 앞에서 인종의 벽은 '맥'없이 허물어져 버렸다. 차마 직접적으로 외모에 대해 칭찬하지는 못하고 그저 뜨거운 눈빛으로 우민을 바라보며 글에 대해 칭찬했다.

　밤잠을 이루지 못했다.

　한 문장, 한 문장을 읽어나갈 때마다 가슴이 미어질 것만 같았다.

작가님을 사랑하게 될 것 같다.

라는 뜬금없는 고백까지 이어졌다. 자신의 감정에 솔직한 문화의 특성이 팬 사인회에서도 여지없이 나타나는 중이었다.

그럴 때마다 카타리나의 질투도 커져만 갔다.

"그렇게 좋냐. 그렇게 좋아? 아주 좋아 죽는구먼."

우민의 외모 덕분인지, 식을 줄 모르는 '아프리카 아이들'에 대한 인기 때문인지 사인회의 줄은 줄어들 기색이 보이질 않았다.

"휴우……."

우민이 한숨을 내쉬며 손목을 돌렸다. 한 시간 동안 쉼 없이 사인을 하다 보니 손목이 뻐근하다 못해 뻣뻣했다.

완화되던 터널 증후군이 재발할 지경이었다.

앉아서 손목을 주물럭거리던 우민의 등을 손석민이 툭툭 쳤다.

무슨 일인가 싶어 고개를 돌리니 블레이크가 다가오고 있었다. 그 뒤쪽에 익숙한 얼굴도 보였다.

대니얼 밀러.

'분위기를 보니… 아까 말한 손님 같은데…….'

양옆에 짙은 선글라스를 착용하고, 귀에는 영화에서나 보던 무전기를 착용하고 있는 것이 범상치 않은 신분을 자랑하는 사람 같았다.

"으하하, 자네 인기가 대단하구먼. 사인회를 너무 짧게 잡았어."

지친 기색의 우민이 답했다.

"아닙니다. 충분합니다."

실제로도 지쳤다. 단시간에 많은 사람을 상대한다는 게 생각보다 더 진이 빠지는 일이었다.

그런 우민의 앞으로 불쑥 하얀색 손이 나타났다. 금빛의 털이 무성하게 자라 있는 걸 보니 흡사 원숭이를 생각나게 했다.

"반갑네. 레이먼드 밀러. 자네와 같은 능력 있는 친구들을 아끼는 정치인일세."

자신감 있어 보이는 미소는 뒤에 보이는 대니얼과 똑 닮아 있었다. 대니얼의 아랫사람 보는 듯한 분위기가 어디서 형성되었는지 알 것 같았다.

"반갑습니다. 우민 리. 정치는 별로 신뢰하지 않는 인기 작가입니다."

급격히 어색해지려는 분위기를 무마시키기 위함인지 블레이크가 한층 크게 웃으며 말했다.

"으하하, 요즘 우민 군 인기가 대단하긴 하지."

레이먼드가 미소를 잃지 않은 채 말했다.

"패기 넘치는 모습이 보기 좋구먼. 그에 걸맞은 실력까지 갖추고 있으니, 자네와 같은 인재가 바로 우리 미국에 꼭 필요한 인물이지."

우민은 고개를 끄덕이는 것으로 답했다. 구렁이 담 넘듯이 넘어가는 화술이 가히 노련한 정치인다웠다.

"대니얼과도 같은 학교라 들었는데… 대니얼?"

레이먼드가 뒤에 있던 대니얼을 불렀다. 살짝 굳어졌던 인상을 빠르게 회복한 대니얼이 손을 내밀며 다가왔다.

"하하, 우민. 반갑다. 학교 밖에서 보니 더 반가운데?"

이런 친한 척이라니…….

'우엑.'

전혀 그럴 생각이 없었던 우민이 손을 맞잡으며 말했다.

"하하, 그러네요. 아! 쿠에시, 너도 어서 인사드려. 학생회장 되고 나서 이임식도 제대로 못 했잖아."

쿠에시가 예전 습성이 남아 있는지 쭈뼛거리며 자리에서 일어났다. 가까스로 평정심을 찾은 대니얼이 어색하게 웃으며 쿠에시와 손을 맞잡았다.

그 위에 레이먼드의 손이 얹어졌다.

"아! 자네가 바로 트렐로 스쿨 최초의 흑인 학생회장이라는 쿠에시 군인가."

쿠에시가 어색한 웃음을 흘리며 레이먼드를 쳐다보았다. 우민이 그 위에 또 손을 얹었다.

"맞습니다. 이 친구가 바로 이번 학기 트렐로 스쿨의 학생회 장 쿠에시 아난입니다."

총 4개의 손, 8개의 눈동자가 쉴 새 없이 서로를 탐색했다.

제6장

질투의 씨앗

볼티모어로 돌아가는 비행기 안.

안경을 쓴 라일이 쉬지 않고 노트북 키보드를 두드렸다. 옆에 앉아 있던 노아가 궁금하다는 듯 물었다.

"자네 아까부터 뭘 그리 열심히 하고 있나."

라일이 고개도 돌리지 않고 답했다.

"사람들이 꼭 봐야 할 책이 이대로 묻히게 생겼어."

"우민의 책 말하는 건가?"

라일이 고개를 끄덕였다.

"그래. 울분. 내가 가지고 있는 감정을 아주 제대로 표현해

주었어. 어찌 가만히 있을 수 있겠나."

노아가 너털웃음을 터뜨렸다.

"하하, 그래서 또 한 번 시대를 역행해 보려고?"

"아니, 이번에는 자네 말대로 손님이 한번 되어보려 하네."

"손님?"

"책에 대해 전문가의 지식을 뽐내며 평가하는 것이 아니라, 순수하게 책을 구매한 독자의 마음으로, 손님의 마음으로 돌아가 보려고."

노아가 보고 있던 우민의 '울분'으로 다시 시선을 돌렸다.

"초심으로 돌아가겠다는 말을 참 길게도 하는구먼."

라일이 웃으며 손놀림을 멈추었다. '타닥'거리던 키보드 소리도 그제야 멈추었다.

"하하하, 그렇군. 초심 맞아. 초심을 찾아야지."

라일의 웃음소리는 한동안 멈추질 않았다. 이번 LA 여행이 꽤나 만족스러웠는지 특유의 시니컬함은 모습을 감추고, 중년의 젠틀함만이 남아 있었다.

＊　　　　＊　　　　＊

"성공의 열매 밑에 또아리를 틀고 있는 것은 바로 절망."

"그 절망은 믿었던 것에서부터 시작한다."

"하하, 늙은이의 작은 우려라 생각해 주게."

사인회를 마치고 돌아가는 길.

레이먼드 밀러의 조언이 우민의 머릿속을 어지럽혔다.

'듣던 대로… 정치인이란 음흉해.'

슬쩍 스쳐 지나가는 말이었다. 소란스러운 통에 다른 사람들은 제대로 듣지 못했다.

창밖을 보며 레이먼드의 말을 생각하고 있는 우민에게 카타리나가 물었다.

"야, 무슨 생각을 그렇게 골똘히 해."

"너는 평생을 살아도 하지 못할 생각."

"야!"

카타리나가 입을 쩍 벌리며 소리쳤다. 리액션이 좋기 때문인지 자꾸 장난을 치고 싶게 만든다.

뒤쪽에 함께 앉아 있던 쿠에시가 그런 우민을 부럽다는 듯 바라보았다.

우민이 백미러를 보며 물었다.

"쿠시, 어때? 앞으로 어떤 이야기를 쓸지 감이 오는 것 같아?"

운전을 하던 손석민이 한마디 거들었다.

"블레이크에게 들었겠지만 투자 이민이 제일 빠른 길이야.

그 사람이 도와주면 아마 일사천리로 진행될 거다."

쿠에시가 잡념을 떨쳐내기 위해 살짝 머리를 흔들었다.

"나도… 네 말대로 마음을 굳혔어."

우민이 다시 생각에 잠겼다.

"내가 말한 거라……."

"일단은 판매 부수를 최우선으로 생각하고 써봐야지."

"그래, 잘 생각했어. 네가 마음먹고 쓰면 결코 실패하는 일
은 없을 거야."

차는 어느새 트렐로 스쿨 정문에 도착해 있었다. 쿠에시 옆
에 앉아 있던 카타리나가 또다시 앵무새처럼 조잘거렸다.

"나도, 나도 마음 굳혔어. 네 말대로 하기로 마음먹었다니
까?"

우만이 차에서 내리며 말했다.

"응. 잘했어."

단답형의 대답에 잔뜩 성질이 난 카타리나가 쫓아 내리며
조잘거렸다.

"이게 싱그러움 가득 담은 행동이냐? 이게 '그렇게 하겠다'
던 그때의 마음이냐고! 나도 잘 쓰고 싶다고!"

듣고 싶지 않다는 듯 우민이 카타리나를 피해 이제는 달리
기를 시작했다.

카타리나도 지지 않겠다는 듯 그런 우민을 쫓아 교정 저 멀

리 사라졌다. 차에서 내린 쿠에시가 가슴 먹먹한 얼굴로 그런 둘을 바라보았다.

*　　　　*　　　　*

쪽.

교정 풀밭에 앉아 책을 보고 있는 캐서린 뒤로 몰래 다가 간 니콜라스가 볼에 입을 맞추었다.

캐서린도 싫지 않았는지 오히려 니콜라스의 목을 휘감았 다. 잠시 뒤 겨우 풀려난 니콜라스가 캐서린의 옆자리에 앉았 다.

"아프리카 아이들? 이거 우민이 쓴 책이잖아."

고개를 끄덕인 캐서린이 자랑스럽게 앞표지를 가리켰다. 그 곳에는 우민의 친필 사인이 적혀 있었다.

"사인까지 받았지! 벌써 몇 주째 베스트셀러에서 떨어지질 않고 있어."

니콜라스가 굉장하다는 듯 말했다.

"베스트셀러에서 스테디셀러가 된 건가?"

책을 덮은 캐서린이 니콜라스에게 물었다.

"그런데 니콜라스, 학교에 이상한 소문이 퍼졌던데 들었어?"

"응? 소문?"

캐서린이 무릎 위에 놓아둔 책을 들어 보였다.

"이 책. 사실 공저자인 쿠에시가 다 쓴 거라는 소문 말이야. 같은 방을 쓰고 있는 우민이 쿠에시를 죽도록 괴롭혀서 얻어낸 결과물이라던데?"

"그럴 리가… 있나……."

니콜라스는 믿을 수 없었다. 자신과 캐서린을 이어준 것이 바로 우민이 전해준 편지였다.

"지금 학교에 소문이 쫙 퍼졌어. 사실 쿠에시가 출판하려고 준비하던 건데 우민이 숟가락을 얹은 거라고. 왜 너도 알잖아, 쿠에시 아난. 원래 성격이 엄청 소심하고, 유약한 친구였잖아."

캐서린의 계속되는 설명 때문일까. 니콜라스에게도 약간의 의심이 생겼다.

'설마, 그럼 그 편지도 쿠에시가 써준 건가.'

캐서린은 계속해서 여러가지 이유를 들먹였다.

"그 예전에 빽빽이 사건도 있었잖아. 그때 과외받던 아이들 상태를 생각해 봐."

퀭한 눈.

연신 손목을 주무르던 행동.

그러면서도 입가를 비집고 새어 나오던 웃음이 떠올랐다. 캐서린이 후회스럽다는 듯 중얼거렸다.

"이럴 줄 알았으면 쿠에시한테 사인 받을 걸 그랬어."

여전히 설마 하는 '의혹'에 불과했지만 니콜라스의 마음속 깊은 곳에 '그럴지도'라는 의심의 씨앗이 뿌려지기에는 충분했다.

*   *   *

점심시간.

식판을 들고 두리번거리던 카타리나가 우민을 발견하곤 달려왔다.

"너 들었어?"

식사에 열중하던 우민이 고개를 들었다.

"뭘."

카타리나가 식판을 탁자 위로 내려놓으며 말했다. 우민의 옆자리. 힐끔 눈치를 살피던 쿠에시가 다시 식사에 열중했다.

"네가 쿠시 협박했다는 말. 그 소문 말이야. 나는 말도 안 된다고 생각하지만 여기저기서 수군거리고 난리야. 너 완전 인간쓰레기 됐다고."

"신경 안 써."

"어휴, 하여간 그럴 줄 알았다. 나한테 감사하게 생각해. 내가 대변인이 되어서 너의 결백함을 널리 알리고 있으니까. 그렇지, 쿠시?"

밥을 먹던 쿠에시가 카타리나를 바라보았다.

"으, 응. 그렇지."

"그래, 네가 나서면 되겠다. 학생회장에 소문의 당사자니까 이런 뜬소문을 가만히 지켜보면 안 되잖아."

"하, 하긴. 우민, 내가 교내 방송 한번 해볼까? 아니면 교장 선생님께 사실이 아니라고 말씀드려도 되겠다."

듣고 있던 카타리나가 맞장구를 쳤다.

"그래, 그러면 되겠어. 내가 왜 그 생각을 못 했지. 우민, 가자! 바로 해명해 버리자!"

신이 나서 소리치는 카타리나를 뒤로하고 우민이 식판을 들고 자리에서 일어났다.

"그 방법으로는 안 될 것 같은데? 머리를 싸매고 더 나은 방법을 생각해 봐."

쌩하니 일어나 가버리는 우민을 향해 카타리나가 중얼거렸다.

"자기 일인데, 남 일 대하듯 저게 뭐 하는 거야. 기분 나쁘지도 않나."

쿠에시의 시선은 멀어지는 우민이 아니라 앉아 있는 카타리나에게로 향해 있었다.

＊　　　　　　＊　　　　　　＊

　엠마의 사무실.

　문을 열고 들어간 우민은 여전히 어지럽혀져 있는 방을 보며 절레절레 고개를 저었다.

　"왜. 이게 다 너희들 교육 때문에 그런 거야."

　"정리를 잘하면서 가르칠 수는 없는 겁니까?"

　"널 보면… 왜 자꾸 노아가 생각나는 걸까? 내게 많은 걸 바라지 마."

　몇 번의 농담이 더 오가고 엠마가 물었다.

　"그래서 어쩔 생각이야. 트렐로 스쿨에 불명예인 학생을 그대로 둘 수 없다는 투고가 계속 올라오는 모양이야."

　앞뒤 잘린 말이었지만 우민은 단번에 알아들었다.

　"헛소문에 신경 쓸 정도로 한가하지 않습니다."

　"너도 그렇고 쿠에시도 그렇고, 도대체 무슨 생각인지 모르겠다. 왜 아니라고 말하지 않는 거냐? 너나 쿠에시가 정확하게 사실이 아니라고 동의를 해야 학교에서도 사태를 진정시킬 수가 있어. 매번 모르겠다고 한다며?"

　"친구에게 어렵사리 찾아온 기회를 제가 날려 버릴 수는 없으니까요. 그리고… 왜 이런 소문이 났는지도 알아야 하니까요."

"…도무지 네 말은 알아들을 수가 없구나. 이런 식이면 학교에서 진상조사위원회가 꾸려질 거다. 너와 쿠에시가 함께 조사받게 될 거야. 그때면 너무 늦을지도 몰라. 쿠에시가 나서서 아니라고 해도, 믿지 않을 수도 있다는 말이다."

"상관없습니다. 한국에서는 경찰 조사를 받았는데 여기서는 학교에서 조사받다니, 뭔가 제가 더 나은 사람이 되었다는 증거 같아서 좋네요."

"…경우에 따라서는 네가 처벌을 받게 될 수도 있어. 그래도 상관없어?"

"조사위원회 절차라면 이미 알고 있습니다. 현실 법정과 비슷하게 진행된다는 말이잖아요. 배심원으로 참가하는 학생들을 설득하지 못하면 처벌을 받을 수도 있고."

"잘 아는구나. 그래도……."

"상관없습니다."

엠마가 실소를 터뜨렸다. 이 아이는 볼 때마다 머릿속에 뭐가 들어 있는지 궁금하게 만들었다.

*　　　*　　　*

카타리나가 어디선가 가져온 대자보 크기의 종이를 바닥에 펼쳤다. 그러고는 들고 온 공책을 쿠에시에게 건네며 말했다.

"이거 한번 읽어봐. 내가 우민의 누명을 벗길 명문장을 써왔어."

건네받은 공책을 유심히 읽어내려 가던 쿠에시가 궁금하다는 듯 물었다.

"타냐, 왜 네 일도 아닌데 이렇게 열심히 하는 거야? 정작 당사자인 우민은 신경도 안 쓰는데."

카타리나가 당연하다는 듯 답했다.

"친구잖아. 어려움에 처한 친구를 가만히 두고 보는 건 도리가 아니지. 아, 생각해 보니 또 열 받네. 이렇게 열심히 도와주는데 관심도 없고 말이야. 도대체가 무슨 생각을 하고 있는 건지. 에효, 답답하다. 답답해."

"그건… 나도 마찬가지네."

"그렇지? 너도 답답하지? 어디로 숨었는지 오늘 하루 종일 코빼기도 안 보이고 말이야. 진상조사위원회가 열린다는 게 어떤 뜻인지 알고 있긴 한 거야?"

카타리나는 연신 투덜거리면서도 손을 쉬지 않았다. 공책에 써왔던 내용을 커다란 전지에 옮겨 적기 시작했다.

앞쪽에 놓아둔 공책을 연신 눈으로 훔치면서 혼자 낑낑대며 쓰고 있는 모습이 안쓰러웠던지 쿠에시가 나섰다.

"내가 쓸게, 불러줘."

"오케이."

자리에서 일어난 카타리나가 공책을 집어 들었다.

"천천히 말할 테니까 빠르면 알려줘. 먼저 학생 여러분께 알립니다."

하지만 전지에 적히는 글은 달랐다.

붉은 해.

아직 내용을 확인하지 못한 카타리나가 다음 내용을 불렀다.

"학내에 퍼지는 소문은 전혀 사실이 아님을 밝힙니다."

쿠에시는 카타리나가 불러주는 것은 신경 쓰지 않은 채 다른 말을 적어나갔다.

붉은 해가 나타나자
노란 달이 사라졌다

수줍어서일까.
부끄러워일까.

아니면

제자리를 찾아간 것일까?

카타리나도 쿠에시가 적어나가는 글을 확인했다.

끝까지 적어낸 쿠에시가 자리에서 일어났다.

"내가 사 준 옷을 한 번도 입지 않을 때부터 알아봤지만… 단지 확인하고 싶었어."

"……."

카타리나는 아무 말도 하지 않았다. 지금 이 순간 그게 최선임을 본능적으로 깨닫고 있었다.

"크게 신경 쓰지 않아도 돼. 내 감정이 제자리를 찾아가는 과정일 뿐이야……."

쿠에시가 등을 보이며 돌아갈 때까지 카타리나는 아무 말하지 않았다. 친구 관계나마 유지하기 위한 최소한의 행동이었다.

쿠에시가 사라진 후, 카타리나가 겨우 완성한 대자보를 들고 학내 안내판에 갔을 때는 이미 다른 공고문이 떡하니 붙어 있었다.

〈공고〉

1월 28일. 학내 괴소문에 대한 진상조사위원회를 개최합니다.

대상자: 이우민, 쿠에시 아난.

배심원: 알렉산더 스미스, 스칼렛 크루즈…….

증인: …….

참관은 누구나 가능하니 조사위원회 당일 대강당으로 오시면 됩니다.

이상.

"바람 잘 날이 없구나."

공고문을 확인한 카타리나의 소감이었다.

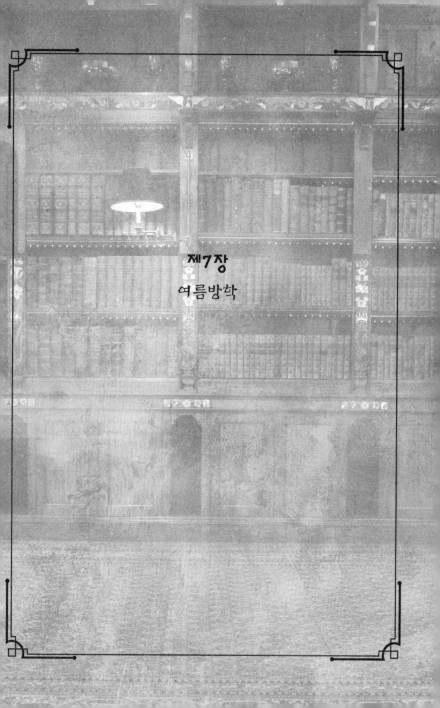

제7장

여름방학

"10, 10학년 알렉스가 알려줬습니다."

지목당한 알렉스라는 학생이 변명하듯 소리쳤다.

"아, 아니에요. 저도 오웬이 알려준 거예요."

그러자 오웬이라는 학생이 벌떡 일어나 외쳤다.

"저, 저도 아닙니다. 낸시가 말해줬어요."

그렇게 꼬리에 꼬리를 물고 제보가 이어졌다. 자리에 없는 학생은 릴리 스위프트의 명령 아래 대강당으로 호출당했다. 거미줄처럼 얽히고설켜 있던 소문의 실타래가 조금씩이지만 풀리기 시작했다.

                        *   *   *

달달달.

떨리는 다리가 얼마나 불안에 떨고 있는지를 나타내는 중이었다. 떨림은 아래에서 위로 전달되었다.

입을 가리며 턱을 쓰다듬었다. 그래도 불안감은 가시질 않았다.

'젠장, 뭐 저런 놈이 다 있어.'

그저 가벼운 마음으로 참관을 온 참이었다. 이 정도 소문으로 무슨 일이 생길 거라 기대하지 않았다.

자주 가는 SNS에 있던 글을 그저 친구에게 말한 게 발단이었다.

사실 그럴싸하다는 생각도 있었다. 쿠에시 아난이야 재작년부터 보아왔다.

소심하고, 부끄러움 많은 성격 탓에 놀림을 받기는 했지만 뛰어난 성적으로 자신이 천재임을 입증했다.

하지만 우민은 아니었다.

'그저 글쓰기 좀 하는 놈인 줄 알았는데.'

이제 확실히 알았다. 글을 쓴 건 쿠에시가 맞을지라도 주도하는 건 저 녀석이다.

사람들의 시선을 즐기는 듯한 저 표정, 기자에 경찰까지 부르는 담대함. 자칫 잘못하다가는 오늘 사달이 날지도 모른다.

"저기 퍼거슨이 저한테 말해줬어요."

퍼거슨이라면 자신이 처음으로 '대필' 이야기를 꺼낸 친구다. 살짝 고개를 돌리자 퍼거슨이 자신을 보고 있었다.

'젠장.'

입을 달싹거리는 것이 금방이라도 말할 것 같았다. 자신은 그저 '우민이 시켜서 쿠에시가 쓴 것 같지 않냐'고 한 게 다였다.

폭행, 협박, 약점 등등의 이야기는 마치 눈덩이가 굴러가듯 다른 아이들이 붙인 살점들이다.

그런데 그 덤터기를 모두 자신이 쓰게 생겼다. 그때 반대편에 앉아 참관하던 대니얼이 손을 들었다.

"교장 선생님?"

소란스러운 상황에서 삐져나온 고함이라 단상까지 닿지 않았다.

"교장 선생님! 여기 할 말이 있습니다."

대니얼이 목에 핏대를 세우며 고함쳤다. 지켜보던 우민이

'피식' 비웃음을 흘렸다.

'걸릴까 봐 쫄린가 보지. 퍼거슨이면 윌리엄의 절친. 이제 거의 다 온 건가.'

"교장 선생님!!"

장내 여기저기서 서로를 가리키는 학생들을 따라가던 릴리의 시선이 그제야 대니얼을 향했다.

*   *   *

"지금 본질이 호도되었습니다. 이 자리는 소문의 진위 여부를 가리자고 모였습니다. 소문의 근원을 추적하는 자리가 아닙니다."

혹여 자신의 말이 끊길까 다급하게 말을 이었다.

"마치 이미 소문은 사실이 아닌 양 전제가 깔리고 이야기가 진행되고 있습니다. 먼저 학교에 퍼져 있는 소문의 사실 여부부터 따져봐야 할 것입니다."

앉아 있던 우민도 자리에서 일어나 대니얼 쪽을 바라보았다.

재판을 진행하는 진행 요원이 마이크를 가져다주었다.

"이미 입장문을 통해 쿠에서도 사실이 아니라고 밝혔고, 저역시 사실이 아님을 말했는데 아직 밝혀야 할 진실이 남아 있다는 말인가요?"

"그것 역시 협박을 통해 얻어낸 결과일지 누가 압니까?"

우민이 어이가 없다는 듯 콧방귀를 뀌었다.

"하… 그럼 이건 어떻습니까?"

우민이 들고 왔던 가방에서 '아프리카 아이들' 초고와 '달동네 아이들' 번역본을 꺼내 들었다.

"여기 '아프리카 아이들' 초고 원고가 있습니다. 또 이건 '아프리카 아이들'의 기초가 되었던 '달동네 아이들'이라는 소설이고요."

우민이 보란 듯이 초고 원고를 펼쳐 들며 더 큰 소리로 말했다.

"여기 빨간색 체크들 보이십니까? 검은색 글씨들이 쿠에시의 글, 그리고 빨간색 체크들에 쓰인 글이 제가 쓴 겁니다."

계속되는 트집에 기분이 상했다. 우민의 말이 곱게 나오지 않았다.

"정 못 믿겠으면 필적 감정까지 해보든가."

연이어 터져 나오는 증거에 대니얼도 더 이상 대꾸하지 못하고 자리에 앉았다.

애타는 심정의 윌리엄이 애처로운 눈빛으로 바라보았지만 외면했다.

더 이상 도와주었다가는 자신이 오해받을 수도 있다.

짝짝!

박수 소리로 주위를 환기시킨 우민이 말을 이었다.

"자, 거의 다 온 것 같은데, 마지막 학생이 퍼거슨이었나요? 퍼거슨, 소문을 누구에게 들으셨나요? 사실대로 이야기해야 할 겁니다. 비록 가상이지만 여기는 재판정. 위증은 가중 처벌 대상이니까요."

꿀꺽.

마른침을 삼킨 퍼거슨이 천천히 입을 열었다.

*　　　　*　　　　*

〈놀랍도록 치밀한 관찰을 통해 미래의 일을 예측했다〉
〈실제로 일어난 '울분' 속의 에피소드〉
〈아프리카 아이들'의 저자 우민. 미래에서 글을 쓰다〉

그날의 사건을 두 눈으로 확인한 기자들이 뽑은 제목이었다. 기사를 몇 번이나 읽어본 카타리나가 신기하다는 듯 물었다.

"그런데 정말 어떻게 알았던 거야? 무슨 예지몽이라도 꾼 거야?"

풀밭에 누워 하늘에 떠다니는 구름을 구경하던 우민이 아니라며 고개를 저었다.

"기사 못 봤어? '치밀한 관찰을 통해 현실 세계를 조망했다.'"

"그, 그러면 학교생활을 하면서 이런 일이 있을 거라 생각하고 울분을 썼단 말이야?"

트렐로 스쿨의 전체 학생들을 상대로 협박 아닌 협박을 했던 일도, 그걸 통해 결국 소문을 시작한 사람을 찾아내 사과를 받아낸 일도, 이 모든 일들이 우민이 출판한 '울분'에 이미 하나의 에피소드로 기록되어 있었다.

카타리나는 놀라움을 넘어서 경외감을 느끼는 중이었다.

"똑같은 일이 일어날 거라 생각하진 않았어. 어쭙잖은 소문이 퍼진다기에 내가 썼던 '울분'처럼 해결하면 되지 않을까, 생각했던 거지."

카타리나는 궁금한 게 많은지 연신 우민의 곁에서 조잘거렸다.

쿠에시가 그런 카타리나를 씁쓸하게 바라보았지만 이내 고개를 저으며 남아 있던 감정을 털어냈다.

"이 조그만 머리에서 그 모든 것들을 생각했다는 게 정말… 놀라울 따름이다."

우민이 입맛을 다시며 답했다.

"하하, 그런가?"

"왜? 너는 그때도 그렇고 기분이 별로 좋아 보이지가 않는다? 나는 윌리엄이 공개적으로 사과하는 모습을 봤더니, 묵은 체증이 다 내려가는 것 같던데."

구름을 보던 우민이 하늘을 향해 긴 숨을 내쉬었다.

"울분. 제목이 울분이야. 가득 차 넘칠 것 같기에 어쩔 수 없이 게워내긴 했지만 그건… 약간은 악취가 날 수도 있는 배설물이었어. 내 것이긴 했지만 배설물이었다고, 그걸 보는 게 마냥 즐겁지만은 않아."

약간은 철학적인 말에 카타리나가 입을 다물었다. 우민이 하는 사고의 깊이를 자신은 아직 따라가지 못한다.

이럴 때는 들어주는 게 최선이다.

"사과를 받아야 할 상황도, 사과를 받고 있는 상황도 불편한 건 마찬가지니까."

"뭐, 어차피 이제 전학 결정이 나서 다신 볼일도 없잖아."

"열등감, 분노, 쌓이는 울분. 모두가 인간이 가진 보편적 감정들 중 하나야. 비록 이번에는 윌리엄을 통해 발현되었지만 앞으로 내가 만나게 될 그 누군가가 비슷한 상황을 만들어낼지 모르지."

카타리나도 풀밭에 누워 하늘에 떠다니는 구름을 바라보았다.

"그렇다고 해도, 내 생각에는 우민 네 털끝 하나 건드리지 못할 것 같은데?"

"하하하. 그러게 모든 사람들이 너와 같은 생각을 가지고 나를 대했다면 이런 일이 없었을 텐데. 내가 너무 만만하게 보인 건가."

곁에 있던 쿠에시가 아니라는 듯 살짝 고개를 저었다.

"우민, 널 만나서 몇 마디만 나눠보면 누구도 널 만만하게 생각하진 않을 거야."

우민이 알겠다는 듯 풀밭에서 일어나 기지개를 켰다.

"그럼, 내게 도전하는 건가?"

"그래. 도전. 보편적 감성 중에는 '도전'도 있어. 넘을 수 없는 벽이라도 도전해 보고 싶은 마음. 나도 마찬가지니까."

우민을 따라 일어난 카타리나가 물었다.

"그래서, 여름방학 때는 뭐 할 거냐고. 왜 대답을 안 해?"

6월 초부터 시작하는 여름방학은 8월 말까지 이어진다. 거의 두 달 반에서 세 달 가까이 되는 기간이었다.

우민이 답답하다는 듯 답했다.

"야, 지금 2월이다. 2월. 여름방학은 6월이잖아. 그걸 왜 벌써부터 묻는 거야."

"그거야 네가 대답을 안 하니까 그렇지. 4개월 전에 물어보는데 6월 되면 '퍽'이나 대답하겠다."

확실히 여자아이라 그런지 '촉'이 좋았다. 대답해 주지 못할 것도 없지만 혹시나 일정을 말해주면 '혹'이 달릴 것 같은 불안감에 우민은 화젯거리를 다른 곳으로 돌리려 했다.

"그나저나 윌리엄만 전학을 가다니, 분명 이건 '대니얼'이 꾸민 일이 확실한데… 이건 뭐 물증이 없으니. 아니, 대니얼이 아니라 레이먼드라고 해야 하나."

카타리나가 신경 쓰지 않는다는 듯 다시 물었다.

"알았으니까. 여름방학 때 뭐 할 거냐고."

이번에도 우민은 말을 돌렸다.

"쿠에시, 너는 아프리카로 잠시 돌아간다고 했지?"

"그래야지. 오랜만에 부모님도 뵙고, 동생들도 만나려고. 미스터 손 덕분에 좋은 집으로 이사하고 누나, 동생들도 학교에 다니고 있다는 소식을 듣긴 했는데 많이 궁금해."

"나도 같이 아프리카나 가볼까?"

카타리나가 조심스럽게 우민을 불렀다.

"우, 우민! 전염병 예방접종만 몇 가지를 맞아야 하는지 몰라? 아마 어머님이 허락하지 않을 거야."

쿠에시도 굳이 반박하지 않았다.

"맞아. 15살에 가나에 오는 건… 조금 위험해. 나중에 정식으로 초대할게. 그때 가자."

완전히 자리에서 일어난 우민이 흙이 묻은 엉덩이를 툭툭 털어냈다.

"이제 일어나야지. 수업 늦겠다."

카타리나는 끝까지 여름방학 일정을 말하지 않는 우민을 야속하다는 듯 바라보았다.

하지만 더 이상 물어보지 않고 뒤를 따랐다.

＊　　　　＊　　　　＊

인천국제공항.

이제는 완연히 숙녀 티가 풍기는 유민아가 짙은 선글라스에 마스크를 착용하고, MLB 모자까지 푹 눌러쓴 채 VIP 대기실에 앉아 있었다.

옆에 앉아 있던 김혜은도 얼굴을 반쯤 가린 선글라스를 쓴 채 앉아 있었다.

"이제 도착할 때가 됐는데 안 온다. 그렇지?"

"곧 오겠지."

17살이 된 유민아가 무심한 듯 답했다. 우민이 미국으로 떠나고 나서 생긴 변화였다. 1년 사이에 한층 차분해졌다.

"어때? 떨리지는 않아? 은영이 말로는 학교생활이 바빠서 연락할 틈도 없었다는데, 아무리 그래도 너무한 거 아니니? 전화 한 통 하면 어디 덧난다고."

김혜은이 물었지만 묵묵부답.

대답은 무심하게 했지만 초조하게 핸드폰을 만지작거리는 손까지 감출 수는 없었다.

"충무로를 이끌 차세대 스타가 이렇게 안절부절못하고 있다는 사실을 팬들이 알란가 모르겠네."

김혜은의 놀림에도 유민아는 초조한 표정으로 핸드폰만을 바라보았다.

그런 기다림에 응한 것일까.

들고 있던 핸드폰이 진동하기 시작했다.

♡우민♡

유민아가 저장한 우민의 이름이었다.

*　　　　　*　　　　　*

출국장으로 들어오는 모습을 보자마자 달려가고 싶었다. 그러나 몰려 있는 사람들이 부담이었다.

자신을 알아보고 에워싸진 않을까 걱정이었다. 그보다 강하게 유민아의 발걸음을 막은 건 10개월 전 출국장에서의 기억.

철없던 그때의 기억이 자신의 발목을 잡았다.

혹여 우민에게 철없는 아이로 기억될까 하는 걱정이 앞섰다.

그런데⋯⋯.

이런 자신의 마음을 알기는 아는 건지 우민의 옆에 붉은빛이 감도는 여자아이가 붙어 있었다.

아주 꼭 붙어서 조잘거리는 꼴을 보니 속에서 천불이 나는 것 같았다.

김혜은이 그런 유민아의 마음에 기름을 부었다.

"와, 역시 우리 우민이 미국 가서 여자 친구도 생겼나 봐. 잘생김은 인종을 따지지 않는 건가 보다, 그렇지?"

"⋯⋯."

부글부글.

유민아의 속이 지옥의 화로처럼 들끓었다.

출국장으로 들어서던 우민이 짧게 한숨을 내쉬었다.

"자, 됐지? 여기서 깔끔하게 헤어지는 거다."

"와, 너 어쩜 사람이 이렇게 야박할 수가 있어. 나 15살 소녀야. 그런 소녀를 이런 타국에 홀로 내버려 두겠다고?"

"타냐, 내가 누누이 말했지만 한국은 세계에서 치안 잘되어 있는 나라 1위도 한 곳이야. 미국보다 안전할걸?"

"나는 소녀야, 치안이 안전하다 해도 미성년 소녀라고."

"릴리가 여름방학 시작할 때 했던 말 기억 안 나? '도전해라, 경험해라, 실패해라'. 홀로 한국 여행을 경험해 봐."

우민이 카타리나의 어깨를 살짝 두드렸다.

"실패해도 괜찮아."

"야!"

우민이 머리가 지끈거리는지 미간을 짚었다.

"마음대로 따라오겠다고 한 건 바로 타냐, 너야."

우민을 설득하기에는 글렀다고 생각했는지 호소의 대상을 바꾸었다.

"어머님, 어머님이 말씀 좀 해주세요. 우민이가 너무 야속하네요."

마치 비련의 여주인공인 양 눈물을 훔치는 연기까지 해보였다. 결국 보다 못한 박은영이 나섰다.

"그래, 우민아. 친구가 한국까지 왔는데 잘 지내야지. 타냐도 아직 15살이잖니."

마치 이렇게 될 줄 알았다는 듯 카타리나가 우민에게 살짝 혀를 내밀 때 두 사람이 우민 일행에게 다가왔다.

유민아가 먼저 고개를 숙이며 인사했다.

"안녕하세요, 어머님."

그리고 째릿.

카타리나를 짧게 노려보고는 유창한 영어로 말했다.

"우민이 친군가 보네. 반가워, 나는 유민아야. 우민이와는 8살 때부터 알고 지낸 사이지."

듣고 있던 카타리나가 이번에는 유창한 한국어로 답했다.

"굳이 영어로 하지 않아도 돼. 반가워. 난 카타리나 켈리. 우민에게 시를 선물 받은 여자야."

지지 않겠다는 듯 유민아에게서 눈을 떼지 않았다. 두 여자의 눈빛이 부딪칠 때마다 불꽃이 튈 것만 같았다. 유민아는 끝까지 영어를 고수했다.

"흥. 나는 노래를 선물 받은 여자야."

카타리나도 끝까지 한국어를 고수했다.

"흥흥, 나는… 글쓰기 교육을 받은 여자야."

"흥흥흥, 나는……."

끝없이 이어질 것 같던 대화도 우민이 앞서가자 끝이 났다. 뒤따라가던 김혜은이 박은영에게 말했다.

"내가 말했지. 커서 여럿 여자 울리겠다고. 벌써 이 정도니 20대가 되면… 정말 재밌겠어. 나중에 흑인 처자도 어머님 하면서 달려오는 거 아냐?"

잠시 상상을 해본 박은영이 부르르 몸을 떨었다.

"우민이가 좋아하기만 한다면야 상관없겠지만……."

"호호, 그건 그렇고 미국 생활 이야기 좀 해봐. 소문에 듣기로는 손석민이 그렇게 지극정성이라는데."

박은영이 소리를 꽥 질렀다.

"언니!"

"얘는 사별한 지가 벌써 몇 년인데, 요즘은 그런 거 흠도 아니다. 보니까 석민이 그 친구 총각이라더라. 잘해줘."

박은영이 듣기 싫다는 듯 앞서나갔다. 김혜은이 연신 웃음을 흘리며 뒤를 따랐다.

*   *   *

한국으로 돌아온 우민은 가장 먼저 은사님들을 찾아다녔다. 미국에서 쓴 책을 들고 남일원, 고은석에게 문안 인사를 올렸다.

이미 손석민이 책을 보내 가지고 있다는 말에 살짝 당황하긴 했지만 즐거운 시간들이었다.

자신을 생각해 주는 사람. 그런 사람들을 만나는 건 언제나 가슴 따뜻해지는 일이다.

마치 껌딱지처럼 옆에 붙어 있는 카타리나 덕에 곤란한 경우를 몇 번 겪긴 했지만 그래도 웃어넘길 수준이었다.

남일원의 집을 나오며 카타리나가 생기발랄한 얼굴로 물었다.

"이제 인사 끝? 관광 시작?"

어느 정도의 멘탈을 가지고 있어야 모진 구박에도 이토록 밝은 모습을 유지할 수 있는지 우민은 진심으로 궁금했다.

결국 우민이 두 손, 두 발 다 들었다는 듯 답했다.

"그래, 가자. 관광 가자."

가장 먼저 찾은 곳은 명동이었다. 하지만 한 가지 문제가 있었다.

두리번거리며 제대로 길을 찾지 못하고 있는 우민을 보며 카타리나가 타박했다.

"뭐야, 어디로 가는 거야. 명동 교자 먹자며."

"음… 그게… 음……."

"뭐냐, 너 여기 처음이야?"

우민의 귀가 살짝 달아올랐다.

"글만 쓰면서 살다 보니까… 그러다 미국에 왔고."

"천하의 이우민이 명동이 처음이라니. 더구나 너 이제 보니 길치인 것 같은데? 내가 말을 안 해서 그렇지, 우리 벌써 저 가게 세 번째 보는 거야."

우민은 반박할 수 없었다. 아직 혼자 여행을 다닌 경험이 없다. 자신이 길치인 것도 오늘 처음 알게 된 사실이다.

"…그런가 보다."

"푸하하하! 우민은 길치다. 이우민은 길치다."

카타리나의 놀림에 우민의 귀가 한층 발갛게 달아올랐다. 그렇게 한참을 놀리던 카타리나가 걱정하지 말라며 앞장섰다.

"제군. 자, 이제부터 나만 믿고 따르라."

타고난 방향 감각을 가진 것일까. 카타리나는 핸드폰으로 지도를 확인하고는 단 십 분 만에 음식점을 찾아냈다.

배를 두둑하게 채운 둘은 근래 우후죽순으로 생겨나고 있는 뽑기 방을 찾았다.

따따라따따.

따라라라따.

귀를 간지럽히는 전자음에도 우민은 집중, 또 집중했다. 바닥에서부터 서서히 공중으로 떠오르는 인형을 보며 성공이라는 두 글자를 떠올렸다.

옆에 있던 카타리나도 두 손을 꼭 잡고는 기도했다.

"조금만, 조금만 더. 조그음만……."

툭.

세 발 집게에 걸려 공중에서 춤을 추던 피카츄가 맥없이 바닥으로 떨어져 내렸다.

옆에 있던 카타리나가 한심하다는 듯 중얼거렸다.

"차라리 돈 주고 하나 사는 게 싸게 먹히겠다."

당황한 우민이 주머니에서 천 원짜리를 꺼내 다시 투입했다. 카타리나가 답답하다는 듯 한 발 앞으로 나서며 말했다.

"저리 비켜봐. 이번에는 내가 해볼 테니까."

벌써 만 원이 넘는 돈을 썼다. 우민이 살짝 비키며 중얼거렸다.

"쉬, 쉽지 않을걸."

목소리가 떨려왔다. 왠지 카타리나라면 한 방에 성공해 버릴 것 같은 예감이 들었다.

"두 눈 뜨고 내가 하는 걸 잘 봐봐."

전자음이 들리고, 세 발 집게는 목표물을 향해 직행했다. 거침없는 카타리나의 손놀림에 우민의 동공이 쉴 새 없이 흔들렸다.

세 발 집게가 피카츄를 잡아 올렸다.

인형이 떨어지는 구멍으로 빠르게 다가섰다.

"온다, 온다."

카타리나가 주문을 외웠다. 순간 우민의 손이 눈보다 빠르게 움직였다.

툭.

맥없이 떨어져 버리는 피카츄. 더할 나위 없이 커지는 카타리나의 동공. 우민은 이미 저만치 달아나 있었다.

"하하, 메롱."

어느새 15살 소년으로 돌아와 있었다.

8시가 넘어 어둑어둑해진 시간.

둘은 청계천 주변 벤치에 아이스크림을 하나씩 물고 앉았다.

"아, 재밌었다. 우민 너도 재밌었지?"

우민이 고개를 끄덕였다. 이렇게 마음 놓고 놀아본 게 언제였는지 기억조차 나지 않았다.

어린 시절에는 지하 단칸방에서 벗어나고자 발버둥 치기 바빴다. 아파트로 이사하고 난 이후에는 지금의 생활을 유지하기 위해 노력했다.

미국으로 간 후에도… 여전히 바빴다.

마음 놓고 이렇게 놀아본 적이 언제였던가. 우민은 흐르고 있는 청계천을 바라보며 과거를 추억해 보았다.

한마디로 치열하게 살았다.

"재미있었다. 다 잊을 수 있는 시간이었어."

"거봐, 나 따라오길 잘했지?"

한국으로 자신을 따라온 건 카타리나. 그러나 지금만큼은 그저 들어주기로 했다.

"맞아. 널 따라 나오길 잘한 것 같아."

오히려 카타리나가 놀란 듯 우민을 바라보았다. 처음으로 자신의 말에 토를 달지 않았다.

"으, 응?"

"이제 놀 만큼 놀았으니 일하러 가봐야지."

바지를 툭툭 털고 일어난 우민이 먼저 발걸음을 옮겼다.

*   *   *

왕십리역에서 내린 우민은 한참을 두리번거린 뒤에야 낡디 낡은 건물에 자리 잡은 손석민의 출판사를 찾을 수 있었다.

사무실로 들어선 우민을 손석민이 환하게 웃으며 반겼다.

"왔구나."

"옮기셨다는 데가 여기입니까? 돈도 많이 버셨을 텐데, 좀 좋은 곳으로 가시지 그러셨어요."

"아직은 아껴야 할 때니까. 더 잘되면 그때 좋은 사무실로 가도 늦지 않아. 출판사가 사무실이야 어디에 있든 무슨 상관 이겠어."

"좋은 곳으로 가실 수 있도록 더 노력해야겠네요."

"하하, 아니다. 우리도 너한테만 의지하면 안 되지. 여러 신 인 작가 발굴을 위해서 최선을 다하고 있다. 벌써 쿠에시 아 난이라는 유망주도 있고."

말을 하면서도 우민은 책장에서 눈을 떼지 못했다. 자신의 책, 그리고 최준철이 출판한 것으로 보이는 책을 제외하고는 전부 비슷해 보이는 이름들의 책이었다.

"요즘은 저런 책들이 유행하나 보죠?"

손석민이 민망한 듯 머리를 긁적였다.

"종이책 시장은 거의 죽었다고 보면 돼. 웹소설이 완전히 대세로 자리 잡았다. 사실 책장에 꽂혀 있는 종이책들도 홍보용이야. 실제 매출은 전자책에서 발생하고 있어."

"N포털이나 K포털, 판타월드 같은 곳 말씀하시는 건가요?"

"그래. 거기서 발생하는 매출이 어마어마해. 한 달에 몇 천만 원씩 가져가는 작가만 수십 명이다. 기존 출판사나 순문학 작가들도 웹소설 시장으로 뛰어들면서 시장을 더 키워가는 중이지. 아, 너도 알려나. '구름이 그린'이라고 민아가 출연해서 대박 난 드라마. 그것도 웹소설이 원작이었어."

우민이 조용히 고개를 끄덕였다. 그 모습이 불안했는지 손석민이 빠르게 말을 이었다.

"물론 우민이 같은 톱 작가가 쓰면 불티나듯 팔리니까, 굳이 장르소설 시장에 발 디딜 필요는 없어."

"하하, 저 아시잖아요. 그런 거 안 가리는 거."

손석민도 잊고 있었던 한참 전의 일을 떠올렸다. 8살 때 출판 시장을 분석해 당시 트렌드였던 자기 계발서 원고를 들고 왔었다.

"미국에 가서 여러 가지 일이 있다 보니, 내가 잊고 있었구나."

"마침 잘됐네요. 방학 동안 뭐 할까. 고민 중이었는데… 이
걸 해보면 되겠네요."

내 손으로 헬 게이트를 열었다.

역대급 마법사.

100억 번 회귀한 남자.

작가왕.

재벌집 셋째 딸.

제목부터가 자극적인 것이 한번 펼쳐보고 싶은 욕구가 생
겼다. 우민은 책장으로 걸어가 꽂혀 있는 책들을 살펴보았다.

"너라면 잘하겠지만 쉽지는 않을 거다. 플랫폼별로 또 독자
나이대별로 취향이 약간씩 달라. 더구나 지금의 트렌드를 잘
파악하지 못하면 조회수가 천도 나오지 않고 묻혀 버릴 거다.
시장이 커진 만큼 경쟁이 치열해진 거지."

우민이 걱정 말라는 듯 책 한 권을 꺼내 들며 말했다.

"그러니까 재미, 재미만 있으면 된다는 거죠?"

손석민이 마른침을 꿀꺽 삼켰다.

재미.

맞다. 재미만 있으면 된다. 재미만 있다면, 무슨 짓을 해도

'글'은 팔리게 되어 있다.

　그리고 저 아이라면 '재미'를 넘어서는 '감동', 또 그걸 넘어서는 '충격'을 선사할 것만 같았다.

『재벌 작가』 3권에 계속…

초대형 24시 만화방

신간 100%, 샤워실, 흡연실, 수면실(침대석), 커플석, 세탁기 완비

▪ 시흥 정왕25시점 ▪

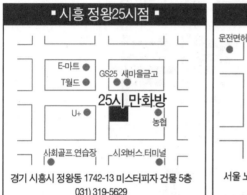

경기 시흥시 정왕동 1742-13 미스터피자 건물 5층
031) 319-5629

▪ 강북 노원역점 ▪

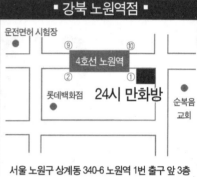

서울 노원구 상계동 340-6 노원역 1번 출구 앞 3층
02) 951-8324 (화용빌딩 3층)

▪ 일산 정발산역점 ▪

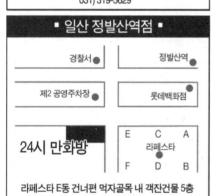

라페스타 E동 건너편 먹자골목 내 객잔건물 5층
031) 914-1957

▪ 일산 화정역점 ▪

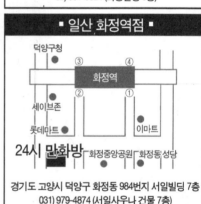

경기도 고양시 덕양구 화정동 984번지 서일빌딩 7층
031) 979-4874 (서일사우나 건물 7층)

▪ 부천 역곡역점 ▪

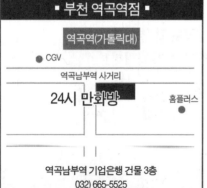

역곡남부역 기업은행 건물 3층
032) 665-5525

▪ 부평역점 ▪

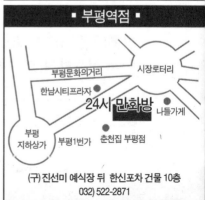

(구) 진선미 예식장 뒤 한신포차 건물 10층
032) 522-2871